AF432260

عالَمٌ مُوازٍ

لِعالَم الأموات

"كُلنا آدم أو بعضًا منه"

كتاب	:	عالَم مُوازٍ لِعالَم الأموات
اسم المؤلف	:	آية الهضيبي
نوع العمل	:	رواية
عدد الصفحات	:	108 صفحة
تصميم غلاف	:	هبة إبراهيم
تدقيق لغوي	:	فريدة محمد
إخراج فني	:	مريم محمد سيد
رقم إيداع	:	2024/25013
ترقيم دولي I.S.B.N	:	9789998004306

نبض القمة للترجمة
جمهورية مصر العربية _ القاهرة
مدير الدار: أ/ وليد عاطف حسني
موبايل: 01116058384
الميل: nabdalqima@gmail.com

عالَم مُوازٍ

لِعالَم الأموات

"كُلّنا آدم أو بعضًا منه"

آية الهضيبي

This is a work of fiction. Similarities to real people, places, or events are entirely coincidental.

عالَم مُوازٍ لِعالَم الأموات

First edition. August 27, 2024.

Written by آية الهضيبي.

الإهداء..

إلى ذاتي التي واستني وكانت معي رُغم كُل ما مررتُ به..
إلى أُمي.
إلى فايزة التي علمتني كيف تكون الصداقة.
إلى المرحوم علي خطَّاب الذي ترك أثرًا طَيِّبًا بعد رحيله.
إلى عزيزة فؤادي سارة نورالدين.
إلى صديقي الكاتب مدحت الشيخ.
إلى صديقي العزيز عبدالرحمن "بيبرس".
إلى الدكتور حسن محمد أخي الصغير وصديقي المُخلص
إلى صديقتاي آية الجوهري وحميدة محمود
إلى مُعلميني الأفاضل الذين مهما فعلت لن أوفي حقهم
أ/مُصطفى القط، أ/أميرة مجدي، أ/أمل ختعن، أ/أحمد السعيد
إلى أساتذتي في الجامعة أولئك الذين لم يبخلوا أبدًا علينا
بِقطرة عِلم
د/ إيمان عبدالحق عميدة كُلية التربية سابقًا
د/ وليد أحمد سمير، د/ محمد عبدالله، د/أسماء ، د/ابتسام،
د/سامح عُمر، د/شيماء د/جهاد، د/آية
وأخيرًا وليس آخرًا، إلى كل إنسان يعيش في عالَم لا يُحبه
ويود الخروج منه..

هذه الرواية بها أحداث من وحي خيال الكاتب، والباقي أنتم تحكمون عليه إذا كان محض خيال أم لا ..

المُقدمة

أنت لا تعلم إذا كنت تسير على الطريق الصحيح أم لا رُغم أنك ترى جميع الإشارات التي تُساعدك على معرفة الإجابة لجميع التساؤلات، ترى الطريق بوضوح وتختار العتمة والظلام، تترُك سبيل النجاة وتسلُك طريق الأموات مجهولي المصير، تركُض خلف السراب وأنت ترى الحقيقة بوضوح، حتى بعد قرارك ألّا تظل في هذا العالَم لا تفعل ما يجعلك تخرج منه إلى الأبد، وإذا خرجت تعود حتى تألف ذلك وتعتاد الموت أكثر من مرة وفي كل مرة تجهل مصيرك!

إنها الساعة الثانية بعد مُنتصف الليل بتوقيت مدينة الظلام وفي أحد أحياء القاهرة ،أجل إنه الظلام فقط المُخيِّم على الأجواء بل إنه قد احتل داخله أيضًا.

يسأل نفسه هل يجب أن يقوم ويُصلي قيام الليل، رُبما قلبهُ مُتعطش لذلك في الحقيقة ولكن عقلهُ يُخالِف ذلك، حالة عجيبة.

مُمدد الجسد على سريره وعيناه مفتوحتان تتأملان سقف الغُرفة في الظلام العميق، يُسرّب إليها بعض الضوء من حينٍ إلى أخر ويسمع أصواتًا غريبة تنُم عن أن شيئًا عظيمًا أو كارثيًا سيحدُث، وحدَهُ يعلم حقيقة الأمر وأن أشباح عقله تُطارِدُه وتُخيِّل لهُ ذلك، تأتي لتفتح باب الغُرفة ببُطء فهو موعد قدومها كل ليلة وقد اعتادَ على ذلك، رُغمَ الصمت الذي يعُم الأجواء تأتي هي وتتجول في أركان الغرفة وفي النهاية تجلس عند رأسه وتصرخ به وتظل تصرُخ ومن ثمّ يهدأ صراخها بالتدريج، تبدأ بإلقاء بعض الكلام الغير مفهوم وكأنها ترانيم أو أشبه بتعويذة غريبة تجعله يتألم ولكنه لا يبكي حتى تُغادر الغُرفة ويبقى هو على الحال حتى الصباح.

إنه آدم شاب عشريني بالضبط في أوائل العشرينات، طويل وذو بشرة خمرية وشعر أسود كثيف وعيون حادة كالصقر ولكنها أيضًا ليست قاسية.

يرى أنه لم يعش طفولته بشكل صحيح حتى مرحلة شبابه أضاع أغلبها سُدى وكل ما يفعله يعلم جيدًا أنه في النهاية سيكون هباءً منثورًا ولكنه يخدع نفسهُ أحيانًا ويوهمه عقله الباطن أنه شخص عادي وطبيعي كما يوهم نفسه أنه يكرَه كل البشر تارة ويُحبهم تارة بدون سبب واضح أو أنه يراهم شياطين الإنس وكأن اللعنة قد وقعت عليهم.

لم يُصلي مُنذُ سنوات وتكمُن مُعجزتهُ الكُبرى عندما يُصلي ولو فرضًا واحدًا فقط.

كلما تذكرها يشعُر بالامتعاض وتتغير ملامح وجهه فقد تركت أثرًا لا يُمحى في حياته، ويعتقد أيضًا أنّهُ رُبما يلتقي بها في عالَم الأرواح بعد مماته ولكنه يخشى ألّا تصل روحه إلي مثواها الأخير في سلام، فرُبما تتمزق في الطريق وهذه خرافات عقله.

غلبَ عليه طابع المُعاناة طيلة حياته، فقد الأمل في كل شيء وأصبح يسعى إلى اللاشيء.

يُمارس عاداته اليومية بلا ملل ولكنه يراوده شعور الحِرمان بين حينٍ وأخر.

هي حبيبته والتي كان ولا يزال ولن يُكملهُ غيرها، كانت مع كل نبض تُلهمهُ ابتسامة وكأنها تبعث بروحه الابتهاج للحياة، ولم يرى غيرها ولن يرى بعدها أحد.

إنها حبيبته إيلينا لم يُهمه مذهبها ولا عائلتها ولا اسمها ولا حتى عقيدتها أو أي شيء عنها

فقط هي وكأنها النجاة له من دياجير الظلام.

يذكر حين التقى بها أول مرة صُدفة وما أحلاها من صُدفة..

كان يُمسك قلمًا وورقة ويتأمل في الفضاء الفسيح ويمتد بصره للأمام حتى أتى بعض النسيم مُداعبًا خصلات شعرها الذهبي المائل للبُني وكأنه امتزج مع الطبيعة فرسم لوحة فنية مُذهلة،

حينما وقع بصره عليها لم يستطع أن يُشيح بوجهه عنها وكأنه أُصيبَ بصدمة شلّت جوارحه من فرط سحرها الذي انصب عليه، كل ذلك مُجرّد نظرة فما بالكم إذا تحدثت!

كانت تحمل بعض الورود بيدها ولكن الهواء اشتد قليلًا فلم تنتبه لما أسقطتها، فترك ما بيده وقامَ مهرولاً ثم أعطاها إيّاها فعندما رأتهُ تعجبت قليلًا من منظره الشاحب المُرهَق وكأنه لم ينَم مُنذُ أيام ومن ثمّ أخذت منه الوردة وابتسمت ابتسامة خفيفة وتِلكَ الابتسامة كانت كافية لتغمُرهُ بلُطفها ثم غادرت.

لم يعلم عنها أي شيء ولا حتى اسمها ولكنه لم ينسى ملامحها قط، فقط تمنى من كل قلبه أن يلتقي بها مرة أخرى ويطول حديثهم إلى اللانهاية.

فاقَ من شروده بسبب فوران القهوة فألقى بها ثُم أعدّ غيرها وجلس يرتشفها بدون أي تعابير على وجهه..

في إحدى الحدائق كما كان مكانهُ المُعتاد يُمسك قلمهُ ويُفكر وإلى جانبه بعض الأوراق وفجأة رآها فانتفض من مكانه ولم يُصدِّق عينيه وقرر أن يكون شُجاعًا هذه المرة ويذهب للتحدث معها بأي طريقة، فكانت واقفة وحدها وعلى وشك أن تجلس حتى بادرها بالتحية..

آدم: مرحبًا آنستي.

إيلينا: مرحبًا.

يا لهُ من شعور حينما سمع صوتها فقد عشق هذا الصوت وهذه النبرة الهادئة الممزوجة ببعض الدهشة حتى أنهُ غارَ من الحروف التي نطقتها بلسانها.

آدم: هل يُمكن أن أعرفك بنفسي؟ وأعتذر إذا كنتُ ضايقتُكِ.

إيلينا: أجل تفضل، لا مُشكلة.

آدم: أنا آدم، لا زلتُ طالبًا بإحدى الجامعات، إنها السنة الدراسية الأخيرة لي وعلى وشك التخرج..

(لم يُكمِل حديثهُ حتى رن هاتفها فردت بصوتٍ هامس قليلاً وذهبت على الفور)

في تِلكَ اللحظة لعنَ حظهُ لأنه حتى لم يستطع أن يعرف اسمها أو أي شيء عنها فذهب ليجلس مكانه خائب الأمل وتمنى من أعماقِ قلبه أن يلتقي بها مرة أخرى.

وفي يومٍ من أيام الخريف وتساقُط أوراق الشجر كان يعبُر الشارع فسمع أجراس الكنيسة وانتبه فنظر نحوها فرآها للمرة الثالثة وهي تدخُل الكنيسة، دُهِشَ قليلاً ولكنه لم يهتم ولا وقت للتفكير فذهب وراءها ودخل الكنسية.

رآها جالسة تستمع إلى كلام الراهب باهتمام فذهب وجلس إلى جوارها وترك مسافة جيدة بينهما، فدعا من أعماق قلبه أن تنتبه لوجوده وتراه، وبالفِعل حدث ذلك فأصابتها بعض الدهشة حينما رأتهُ وتذكرت أنها قد قابلتهُ من قبل وعرفها بنفسه أيضًا حتى أنها لا تزال تذكُر اسمه "آدم".

ثم تساءلت في قرارة نفسها ما الذي جاء به إلى هُنا!

ولكنها لم تتحدث فانتبهت أن الراهب يُنادي عليها ثم انتهت وخرجت من الكنيسة فخرج هو وراءها، فبادرتهُ هي هذه المرة الحديث فكاد أن يخرج قلبهُ من صدره لشدة سرعة خفقانه.

إيلينا: أهذا أنت، ماذا تفعل هُنا؟

فرد آدم بتلقائية: جئت وراءك.

فقالت له بدهشة: لماذا؟!

فانتَبه لِما قال وحاول تغيير الحديث فقال لها: لقد ذهبتِ المرة السابقة دون أن تُخبريني حتى ما اسمك.

(راسمًا ابتسامة صادقة على وجهه)

قالت: أعتذر على ذهابي المرة السابقة بسرعة ولكن جاءتني مُكالمة هامة بأن جدتي مريضة جدًا وكان عليّ أن أذهب.

آدم: لا بأس، لا تعتذري المُهم أن تكون جدتك بخير، أتمنى لها الصحة والعافية.

إيلينا: شُكرًا لك، أُعرفك بنفسي أنا إيلينا وأنا مثلك أيضًا على وشك إنهاء دراستي وأنا أعيش هُنا مُنذ سنوات.

آدم: سُررتُ بمعرفتكِ جدًا.

إيلينا: وأنا أيضًا، عليّ أن أذهب الآن.

آدم: انتظري لا بُدّ أن نلتقي مرة أُخرى.

إيلينا: حسنًا وذهبت مُبتسمة.

كل ليلة تأتي إليه وفي الصمت العميق يملأ الضجيج أركان الغُرفة، وها هي أشباح عقله تكاد أن تفتك بهِ ويحاول الفِرار منها فلا يستطيع فينهض مُسرعًا إلى إحدى زوايا الغُرفة ويجلس أرضًا ويحاول احتضان نفسه وتهدئتها لعل الخوف يذهب قليلًا، حتى يسمع بالصُدفة أحدهم قد جاء بمحطة القرآن الكريم على الراديو فيهدأ ذلك الضجيج رويدًا رويدًا حتى يختفي وينغلق باب الغُرفة بقوة ثُم ينفتح مرة أخرى وأخيرًا ينغلق.

لا أحد يعلم أهذه أوهام عقله أم حقيقة، فينهض في الصباح وقد هدأ ذُعرهُ قليلاً ليغسل وجههُ وينظُر للمرآة فيشعُر بالذُعر مرة أخرى، ويسأل نفسهُ مَن هذا؟!

ومن ثمّ يتذكر أنه على هذا الحال مُنذُ أكثر من ثلاثة سنوات، فيدخُل لِيُعِّد كوب القهوة في هدوء ويجلس فإذا بعينه ترى ساعة يد على مكتبه فيأخُذها ويتأمل بها قليلاً ويبتسم رُغمًا عنه، ولكن

سُرعان ما تتبدد ابتسامته حُزنًا فهو لم ينسى قط من أهداه هذه الساعة.

ذهب كعادته إلى الحديقة لعلهُ يراها مثل المرة الماضية وانتظر كثيرًا لكنها لم تأتِ، فقرر أن يذهب غدًا إلى الكنيسة لعلهُ يراها وبالفِعل رآها هُناك فشكر الله على ذلك، وذهب ليتحدث معها..

آدم: كيف حالك آنستي؟

إيلينا: أنا بخير، ماذا عنكَ أنت؟

آدم: أنا بأحسن حال، ماذا عن حال جدتك؟

إيلينا: نأمل أن تُشفى قريبًا، هذا ما قالهُ الأطباء.

آدم: ما رأيُكِ أن نشرب القهوة معًا في مكانٍ ما؟

إيلينا: ليس لديّ مانع.

آدم: حسنًا هيّا بنا.

وذهبا إلى أحد الأماكن وطلبا القهوة.

إيلينا: أخبرني هل تُحب الكتابة؟ فقد لاحظتُ أنك غالبًا ما تحمل قلمًا وأوراقًا وتجلس في تِلكَ الحديقة.

آدم: أجل، أنا أكتُب في كثير من الأوقات، يُمكنكِ القول أن هذه هي هوايتي المُفضلة وأحب التأمُل في الطبيعة، ماذا عنكِ؟ هل تُحبين اقتناء الكُتُب أم ما هي هوايتك؟

إيلينا: أجل أنا أهوى القراءة وأعشق اقتناء الكُتُب ولا سيما تِلكَ الهادفة التي تحوي الكثير من المعلومات.

آدم: حسنًا في المرة القادمة سأجلب لكِ هدية، ما رأيُكِ أن نلتقي غدًا؟

إيلينا وقد بدت عليها الدهشة: غدًا!

فبادرها بالحديث وقال: أنا لا أقصد مُضايقتكِ، إذا كان ليس لديكِ مانع، أو في الوقت الذي يُناسبك.

إيلينا فكرت قليلاً ثم قالت: حسنًا لا بأس أراكَ غدًا في الحديقة؛ سأذهب إلى هُناك.

آدم ابتسمَ: حسنًا كما تُريدين.

وبالفِعل ذهبَ كلاهما في اليوم التالي إلى الحديقة ولكنها فاجأتهُ هذه المرة وجلبت لهُ هدية.

إيلينا: مرحبًا آدم كيف حالك؟

آدم: أنا بأفضل حال، ماذا عنكِ؟

إيلينا: أنا بخير، تفضل هذه لك.

آدم بدهشة: ما هذا، لي أنا! لماذا؟

إيلينا مُبتسمة: لأن جدتي قد تعافت بشكل كبير وأنا سعيدة بذلك رُغمَ قسوتها عليَّ في كثير من الأحيان وأكنني أُحبها و أنا سعيدة لتحسُّن حالتها فقررت أن أجلب لكَ هدية.

آدم: شُكرًا لكِ أنتِ لطيفة جدًا، حمدًا لله على سلامتها.

إيلينا مُبتسمة: أتمنى أن تنال إعجابك فأنا لا أعلم ذوقك.

آدم فتحَ العُلبة فوجدها ساعة فقال لها: حقًا إنها جميلة ويكفي أنها منكِ، إن ذوقك رائع.

إيلينا: شُكرًا لك.

آدم: وهذا الكتاب لكِ، إنهُ مُميز أتمنى أن يُعجبك.

إيلينا: شُكرًا لك، سأقرأه وأقول لكَ رأيي.

ذهبَ آدم إلى منزله يشعُر بالسعادة تغمُره فقرر الاستماع لبعض الموسيقى الهادئة التي تُلائم حالته المزاجية.

وفي الليل جاءتهُ مُكالَمة فردَّ عليها وإذا بهِ تتغير ملامحه ويشعُر بالضيق ثُم يُغلق الهاتف وينام وبقلبه بعض الحُزن.

في اليوم التالي، ذهبَ كعادتِهِ إلى الحديقة فرآها قادمة نحوهُ مُبتسمة فألقت عليه التحية وجلست، فبادرها بالحديث..

آدم: أخبريني ماذا تنوين أن تفعلي بعد إنهاء دراستك؟

إيلينا: أُفكر في الذهاب إلى أوروبا مرة أخرى.

وهُنا أصابتهُ الصدمة لما سمع ذلك وازداد خفقان قلبه واضطرب نبضه وقال لها: لماذا؟

قالت: لقد عشتُ هُناك لبضع سنوات وتِلكَ السنوات كانت كافية لتُغيّرني للأفضل وهذا لأنني أردتُ ذلك، هل أُخبركَ سرًّا؟

آدم: أخبريني.

إيلينا: لقد درستُ وقرأتُ كثيرًا وتعمقت في الكثير من الأشياء إلى جانب دراستي الأصلية وبالأخص في الدين الإسلامي.

آدم بدهشة: حقًّا!

إيلينا: في رأيي أن هذا العقل كنز ثمين لا بُدّ من استغلاله بالطريقة الصحيحة؛ لذلك رأيتُ أنه عليّ ألَّا تكون معلوماتي قاصرة فقط عن ديني وأن أبحث وأتعلم أكثر.

آدم: تفكير مُذهل ومعكِ حق، ماذا وجدتِ في الدين الإسلامي؟

إيلينا: إنهُ حقًّا دين رائع ليس لهُ مثيل وكأنه مُميز وفريد من نوعه، فحينما قرأت وتعمقتُ بهِ وجدتُ أنّهُ جاء شاملاً لكثير من الأشياء ومن أهم هذه الأشياء: إعمال العقل بطريقة صحيحة، أيضًا

شعرتُ بشعور غريب ولكنه رائع حينما كنتُ أقرأ بهِ وهو شعور الارتياح والسلام النفسي وكأنني وحدي في كوكب صغير ومهما حدث أنا بأمان، لن يستطيع أحد أن يؤذيني.

آدم وقد بدت عليه سعادة كبيرة ودهشة في الوقت ذاته: حقًا إنه كذلك بل أكثر من ذلك أيضًا، أخبريني لماذا تنوين على السفر مرة أخرى؟

إيلينا: لستُ مُرتاحة هُنا فالجميع يتدخل في شئون الأخر ويُضايقون بعضهم بغير حق.

آدم: معكِ حق في ذلك، فهُناك اختلاف بين هُنا وأوروبا، ولكنك هُنا في وطنك ولا بُدّ أنكِ تشعُرين بالغُربة هُناك.

إيلينا: معكَ حق، ولكنني أحيانًا أشعُر أنني غريبة هُنا.

آدم: لا تقلقي، لن أجعلكِ تشعُرين بذلك ولن أسمح لأي أحد بمُضايقتك، فقط ثقِ بي.

إيلينا: دعني أُخبركَ شيئًا، إنهُ شعور غريب ولكنه جيد، أنتَ غريبٌ عني ولا أعرفُكَ جيدًا، فقد تعرفتُ عليكَ مُنذُ وقتٍ قصير، ومع ذلك أتحدث معك ولا أشعُر بالخوف أو أنك غريب عني.

آدم: ثقِ بي، لن أؤذيكِ أبدًا مهما حدث (ثُمّ تغيرت ملامح وجهه للحُزن)

فقالت: ماذا بك؟

آدم: عليّ أن أُسافر إلى الريف.

إيلينا بدهشة: الريف، لماذا؟

آدم: لديّ بعض الأقارب هُناك بحاجة إلى مُساعدتي.

إيلينا: فهمت، وهل ستغيب كثيرًا؟

آدم: لا، أعدُكِ ألّا أتأخر.

إيلينا بنبرة حزينة: حسنًا.

آدم: كدتُ أن أنسى هل يُمكن أن تُعطيني رقم هاتفك؟ لكي أستطيع أن أتواصل معكِ وأنا هُناك.

إيلينا فكرت لبُرهة ثم قالت: حسنًا تفضل هذا رقم هاتفي.

آدم: وهذا رقم هاتفي أيضًا، آنستي المتواضعة هل لي بصورة معكِ؟

ضحكت إيلينا وفي تِلكَ اللحظة كاد أن يطير قلبهُ فرحًا

قالت له: حسنًا لا بأس.

رُغمَ أنه يعلم بأن لا حاجة للصورة فملامحها قد حُفِرَت بذاكرته ولا تغيب عن باله أبدًا، سافر آدم إلى قريته "ابشواي".

ثم غادر كلاهما..

وسافر آدم إلى إحدى قُرِي الريف لمُساعدة أقاربه، مرّت ثلاثة أيام وفي كل يوم كان يتصل بها ليطمئن عليها ويتجاذبان أطراف الحديث.

وفي اليوم الرابع ذهبت إيلينا إلى الكنيسة وأثناء عودتها قررت أن تمُر على إحدى صديقاتها ولكن الوقت قد تأخر حينما غادرت من عندها، ولأن المسافة ليست كبيرة بين منزلهما قررت أن تذهب للمنزل سيرًا، فشعرت إيلينا أن أحدًا ما يسير خلفها ولكنها لم تهتم وأكملت سيرها، وفجأة ظهر أمامها شاب وهددها أن تُعطيه كل ما معها من نقود وإلّا قتلها، فخافت إيلينا ورفضت أن تُعطيه شيئًا وحاولت الركض والهرب منهُ ولكنه لحقَ بها واستطاع الإمساك بها، وفي تِلكَ اللحظة انتفض آدم من نومه وكأنه قد رأى كابوسًا كادَ أن يخنقُه.

وفي مكانٍ أخر في أحد أحياء القاهرة "بالتحديد في المعادي" هُناك مَنْ جاءهُ الغيث بعد سنوات من الصبر، إنها ابنة عادات وتقاليد الصعيد والمُجتمع المُعقد في نظر البعض من قرية "أبو الصفا" وبالطبع تغيّر فكرها قليلاً حينما ذهبت إلى المدينة للدراسة وهي كما رفيقاتها الثلاثة الآن في السنة الأخيرة بالجامعة، بعد حُبٍ طال لسنوات ضحّى لأجل الوصول إليها وفعل المُستحيل واليوم هو زفافها على مَن أحبهُ قلبها وأراده الله أن يكون شريكًا صالحًا لها، وبعدما دخلا منزلهما..

يوسف: أنرتِ منزلكِ يا عزيزتي.

عائشة: مُنار بمَن فيه.

يوسف بمكر: ماذا سنفعل الآن؟

عائشة: نُصلي أولاً، سأُغير ملابسي وأنت كذلك ونتوضأ.

يوسف: حسنًا هيّا بنا.

وبالفِعل صَلَّا معًا ليبدأن حياة جديدة برضا الله وبعدها التفت إليها وقبّل رأسها ويديها وقال: أنتِ نعمة كبيرة من الله بل أنتِ جنتي ونعيمي في الدُنيا، أعدُك أن أجعلكِ سعيدة دائمًا.

عائشة: وأنا أيضًا أعدُك أن أجعلك سعيدًا دائمًا ومهما حدث من صعاب سنواجهها معًا ولن نترُك يد بعضنا مهما حدث، هلّا خرجتَ الآن لأُغير ملابسي أم أنك مُرهَق تُريد النوم؟

يوسف: لا لن أنام الآن، ماذا عنكِ هل أنتِ مُتعَبة تودين النوم؟

عائشة: لا.

فنظر إلى عينيها وقال: مُنذُ سنوات وأنا أنتظر هذا وأخيرًا أنتِ مُلكي الآن ومَلكتي الرائعة.

عائشة ببعض الخجل: وأنا أيضًا انتظرت تِلكَ اللحظة كثيرًا وكُلّي ثقة في الله أنه سيُكافئنا على صبرنا.

أهم شيء في الزواج هو الاستكانة والطمأنينة فقد قال الله تعالى: "وَمِنْ ءَايَاته أَن خَلَقَ لَكُمْ أَزْوَاجًا لِتَسْكُنُوا إِلَيْهَا وَجَعَلَ بَيْنَهُم مَّوَدَّةً وَرَحْمَةً".

فالحُب وحده لا يكفي ولكن الأعظم هو وجود المودة والرحمة والأُلفة بين الطرفين فهُما المُختارين لِيُكمّل كُلّ منهما نقص الأخر.

استيقظ يوسف عند الفجر وقرر أن يُصلي ليشكُر الله على نعمه التي لا تُعد ولا تُحصىٰ، وقام بإيقاظ عائشة لِتُصلي معه فتكون رفيقته في الجنة أيضًا، رُغمَ إرهاقها الشديد ولكنه شجعها على النهوض والصلاة.

رُبما أنقذ إيلينا نواياها الحسنة فأتى رجلان وساعداها على التخلص من الشاب وفي اليوم التالي تحدثت مع آدم وحكت له ما حدث، فغضب وقرر العودة إلى القاهرة والتقيا في مكانهما المعهود.

آدم: يعني كان لازم تمشي في الوقت المتأخر ده لوحدك؟

إيلينا: اللي حصل بقى، والحمد لله عدّت على خير.

آدم: لو سمحتِ بعد كده خلي بالك من نفسك.

إيلينا: حاضر.

إيلينا: فيه موضوع كده عايزة أقولك عليه.

آدم: قولي.

إيلينا: ابن عمي جاي من السفر قريب وعايزني أسافر أوروبا معاه تاني.

آدم: وهتسافري؟

إيلينا: لأ، أنا مش عايزة أسافر وخاصةً إنه عايز يخطُبني.

آدم بصدمة: يخطُبك! وأنتِ موافقة؟

إيلينا: لأ مش موافقة ولا بحبه أصلًا.

آدم: طيب أنتِ تقدري تاخدي قرار ومحدش يجبرك على حاجة.

إيلينا: الموضوع مش بالبساطة دي للأسف لأن هو شخص عنيد شوية وممكن يأثر على جدتي.

آدم: أنا جمبك متقلقيش.

إيلينا: وأنا متطمنة معاك.

في يومٍ لم تطلُع شمسه استيقظ آدم وهو يشعر بالحُزن ولا يعلم السبب فقرر التحدث إلى إيلينا لِيُخبرها أنه قرر أنْ يتقدم لخطبتها، ولكنها لم تُجب وأعاد الاتصال مرارًا وتكرارًا ولكنها أيضًا لم تُجب فقرر الذهاب إلى نفس المكان الذي يلتقيان به لعلّه يجدها وعندما وصل لم يجدها وجاءه اتصال يقول له أنَّ إيلينا قد ماتت.

وقع الخبر عليه كالصاعقة ولم يُصدق فذهب إلى منزلها ووجد عددًا كبيرًا من الناس مُحتشدًا، ولمّا سأل قيل له أنها تِلكَ الفتاة الجميلة وحتى تِلكَ اللحظة لم يُصدق فدخل وسط الزحام ورأى جدتها في حالة انهيار، وفكر في أن يودعها للمرة الأخيرة ولكنه لم يحضر الجنازة وذهب سريعًا وأخذ يصرخ ويبكي وظل في حالة صدمة وانهيار شديد لبعض الوقت ومُنذُ ذلك الحين وتدهورت حالته وظل هكذا لثلاث سنوات.

تذكر ابن الحداد الأندلسي يقول:

عَسَاكِ حَقَّ عِيْسَاكِ

مُرِيْحَةَ قَلْبِيَ الشاكي

فإنَّ الْحُسْنَ قد وَلَّا

كِ إحيائي وإهلاكي

وَأَوْلَعَني بِصُلْبَانٍ

وَرُهْبانٍ وَنُسَّاكِ

ولم آتِ الكنائِسَ عَنْ

هَوَىً فيهنَّ لولاكِ

وها أنا مِنْكِ في بَلْوَى

ولا فَرَجٌ لِبَلْوَاكِ

ولا أَسْطِيْعُ سُلْوَاناً

فقد أَوْثَقْتِ أَشْراكِي

فكم أَبْكِي عليك دَماً

ولا تَرْثِيْنَ للباكي

فهل تَدْرِيْنَ ما تَقْضِي

على عَيْنَيَّ عَيْنَاكِ

وما يُذْكِيْهِ من نارٍ

بقلبِي نُورُكِ الذَّاكِي

حَجَبْتِ سَنَاكِ عن بصري

وفوقَ الشَّمسِ سِيْمَاكِ

وفي الغُصْنِ الرَّطِيْبِ وفي الن

نَقَا الْمُرْتَجِّ عِطْفَاكِ

وعند الرَّوْضِ خَدَّاكِ

ومن رَيَّاهُ رَيَّاكِ

نُوَيْرَةُ إِنْ قَلَيْتِ فإن

نَنِي أَهْوَاكِ أَهْواكِ

وعَيْنَاكِ المُنَبِّئَتَا

كِ أَنِّي بعضُ قَتْلاَكِ

قبل اثني عشر عام..

انتظار

الحادي عشر من شهر رجب..

الجميع يجلس في صمتٍ تام على عكس ما بداخله من ضجيج، الانتظار قاتل ولا سيما لِشيء مجهول لا تعرف مصيرك، ينتظر أنْ يسمع اسمه واسم أخته ومعهما والدتهما، وها قد جاء دوره لِيقف أمام القاضي لِيرفع إليه شكواه مُباشرةً بعدما سأله هل تود البقاء مع والدك أم والدتك، وهل هذا سؤال؟!

الأمر أشبه بِأنْ تسأل أحدهم هل تختار أن تعيش بدون الطعام أم الماء، وإن اختار الطعام فَإنه لن يستمر طويلًا ومن الممكن أنْ يموت جوعًا.

آدم: أنا عايز أعيش مع أمي.

القاضي: وأنتِ يا أروى؟

أروى: أنا كمان هعيش مع أمي.

القاضي: يبقى هيكون ليكم نفقة من طليقك.

الأم: اللي تحكم بيه يا سيادة القاضي.

كيف تمَّ وضع حاكمًا وقاضيًا لِيقضِ على بشر من نفس فصيلته استنادًا إلى بعض القوانين التي هي في النهاية وُضعَت ودُرِّسَت مِنْ قِبَلِ بشر!

الأمر طبيعي إلى حين أنْ تعرف النطق بالحُكم في تِلكَ الشكوى التي رُفعَت إلى قاضي السماء، والحق أنَّ البعض لديه قناعات

شخصية ولا يعترف بوجود مكانٍ يُدعىٰ "المَحكمة" مهما كانت قوة القانون.

لم يكونا يعلمان أنهما سيندمان بهذا الاختيار، وبعدها تكررت الجلسات في المحكمة؛ ولكن الأب لم يحضر وحتى تهرب من دفع النفقة وترك كامل المسؤولية، ولم يُعطِ ابنه وابنته حتى الحقوق المعنوية.

ثُمَّ جاء ذلك اليوم الملعون حيث كان ذلك الطفل وتِلكَ الطفلة لمْ يتجاوزا الرابعة عشر، ومن ثمَّ حصلا على طفولةٍ ناقصة ومرّوا بأسوأ المراحل في الدراسة وكذلك مرحلة المُراهَقة؛ إذ لم يجدا ناصحًا أو مُؤازرًا، فَعاشا حياة ناقصة وحتى ذلك الجزء المُتبقي لهما فقداه في ذلك اليوم.

الأم: عامل إيه؟ وأنت كمان وحشتني.

الطرف الأخر: لأ محدش جنبي، هنتقابل إزاي وإمتى؟

كان آدم يسمع الحوار قَدَرًا وهو في حالة من الصدمة ولم يعرف كيف يتصرف، أخذ على هذه الحال أربع سنوات وأكثر، ولا يعلم كيف كان يمر كل عام دراسي دون أنْ يرسب كما أنه لم يكُن يعلم كيف كان ينام أو تمر ليلة دون أنْ يبكي، كان يتألم كثيرًا وهو يشعُر بالعجز الشديد ويتعذب، كيف لِطفلٍ أن يتحمل ذلك وتتلوث طفولته وتتشوه معاني الحياة لديه، ويفقد أمه وهي على قيد الحياة!

نخشىٰ من عقوق الأبناء؛ ولكن حريٌّ بنا أن نخشى أكثر على موت الأمومة وعقوق الآباء؛ لأن لا ثمرة فاسدة تُحصَد وهي من الأساس قد زُرعت في أرضٍ خصبة.

خَشِيَ آدم على أخته طيلة هذه السنوات أن تعلم الحقيقة ولا يعلم أنَّ حجم الكُرْه لِوالدته كان يزداد بداخله كل يوم والغريب أنه لم يشتاق لوالده أبدًا؛ فالقسوة والجَفاء تصنع أكثر من ذلك، ولكن مع

الأسف كانت أخته أروى قد علمت ذلك فلم تكن غبية إلى هذا الحد وكان رد الفعل قاسيًا فقد قررت مواجهتها وعندما فعلت ذلك أنكرت الأم وكذبت وكان آدم قد سمع تِلكَ المُشاجرة ولم يفهم السبب، وحال أروى يتدهور إذ قررت الانتقام من والدتها في نفسها وأخذت تُحدث هذا وتدخل في علاقة مع هذا ودخلت إلى مُستنقع الوحل وغرقت في المعاصي ولم تستطع الخروج، حتى أتى يوم وعلم آدم بذلك فلم يتحمل وقرر معاقبتها.

آدم: أنتِ بتكلمي مين؟

أروى: ده صاحبي.

آدم: من إمتى وليكِ أصحاب شباب "أولاد"!

أروى: ملكش دعوة بيا، أنا حُرة.

آدم: لأ، أنتِ مش حُرة، ولازم تلزمي حدودك وتتربّي.

أروى: ملكش دعوة بيّا.

آدم: مفيش خروج من البيت، وتليفونك ده مش هتشوفيه.

أروى: سيبني أخرج، ومش هتاخد تليفوني، سيبوني في حالي بقا.

خرج آدم بعدما تركها تصرخ وتبكي وقام بغلق الباب بالمفتاح، وبعدها دخل عليها وجد الدماء تملأ الغرفة فهرول إليها وذهب سريعًا إلى أقرب مشفى.

الدكتور: البنت دي حاولت تنتحر ولآخر لحظة لحقناها، أنت أخوها؟

آدم: أيوه يا دكتور.

الدكتور: إزاي هي وصلت للحالة دي؟! فين أبوها وأمها؟

آدم: هي مالهاش حد غيري يا دكتور.

الدكتور: طيب، أنت لازم تفضل جنبها وتقويها وتدعمها لأن حالتها النفسية بالإضافة لصحتها وحشه جدًّا.

آدم: حاضر يا دكتور.

ثم ذهبت بعد ثلاثة أيام إلى المنزل مع آدم وكل هذا ووالدتها لم تُحرك ساكنًا أو تتغير.

آدم: أنا بحبك يا أروى وعايزك تكوني أحسن واحدة في الدنيا.

أروى تبكي: محدش فاهم ولا حاسس، أنت متعرفش حاجة.

آدم: طيب احكيلي، أنا معاكِ وسامعك.

أروى: للأسف مقدرش أتكلم.

وبعدها بفترة دخلت الأم على ابنتها وكانت أروى ما زالت تُعاني من اكتئاب حاد، وانهيار نفسي دائم.

الأم: أنا عارفة إني غلطانة، بس أنا بحبه وهو معوضني عن حاجات كتير بعد ما أبوكِ سابنا.

أروى: يعني هو أهم مننا عندك؟!

الأم: إيه اللي خدته بعد ما فضلت معاكِ أنتِ وأخوكِ وربّيتكم؟!

أروى: ياريتك ما فضلتِ.

الأم: أنتِ قليلة الأدب والأصل، طالعة لأبوكِ.

أروى: أنتم الاتنين دمرتونا.

الأم: على الأقل أنا برضو مَمشيتش وسيبتكم واتخليت عن المسؤولية زي ما هو عمل وهرب.

كان آدم قد سمع هذا الحوار وصُعِق؛ فهو لم يستطع مواجهتها بمعرفته لهذا السر طوال تِلكَ السنوات وما زال صامدًا.

قضاء وقدر

في شهر فبراير وفي إحدى ليالي الشتاء شديدة البرودة، كان آدم عائدًا في وقتٍ مُتأخر بعدما قضى الكثير مِنْ الوقت مع بعض الأصدقاء، والحق أنه لطالما شعر أنه وحيد ولا يوجد ما يُهوِّن عليه، دخل إلى المنزل وذهب إلى غرفة أخته يطمئن عليها فظن أنها نائمة فَقَبَّل رأسها وذهب إلى غرفته، وفي الصباح وجدها ما زالت نائمة فَتعجب قليلًا ثُمَّ حاول إيقاظها فلم تستيقظ وحاول كثيرًا فسارع بها إلى المستشفى ولكن نبضها مُتوقف، فاكتشف أنها قد لفظت أنفاسها الأخيرة ليلة أمس وتركت رسالة على هاتفه كتبت فيها:

"أنا مختارتش حياتي ولا حد فينا بيختار أبوه وأمه، وعارفة إن ده كان قدرنا ونصيبنا رغم إنه صعب، وأنا والله حاولت كتير واتحملت كتير أوي ومحدش كان معايا ولا حاسس بيا، سامحني يا آدم وادعيلي".

قال الطبيب أنَّ الوفاة كانت بسبب جلطة قلبية وحدثت الوفاة منذ ليلة أمس، انهار آدم في البُكاء وتفتت قلبه حُزنًا، وأما عن والدته فكانت الصدمة شديدة حتى دخلت مستشفى الأمراض العقلية وبعد تعافيها وخروجها منه، لم يستطع آدم أن يُسامحها أو يُحبها أو حتى يُعاملها مُعاملةً حسنة.. حتى ماتت وبقى وحيدًا وبعدما تمت الجنازة والدفن وجد نفسه في عالَم أخر مليء بالسواد، حالك الظُلمة، لم يعُد يرى إلّا الكوابيس في منامه، ولم يتخرج من الجامعة بسبب رسوبه عامين متتاليين بعد وفاة أخته ووالدته وحتى أنه لم يُفكر بوالده ولم يُحاول البحث عنه.

إلى أن وجد نفسه يتجه إلى الكِتابة ويُلقي كل ما بداخله على الأوراق، وفي يومٍ كانت شمسه ساطعة وجدها آتية، وأشعة الشمس تنعكس على شعرها الذهبي وعينيها الجميلتين.

كان يوم أحداثه ما زالت محفورة في ذاكرته حتى الآن، يومٌ لم تُشرق شمسه كما يقولون، شعر بوخزة في صدره وذهب إلى عمله وظل يُردد بعض الأذكار لعل تِلكَ المشاعر السيئة تتركه، وفي نهاية اليوم جاءه اتصال هاتفي من جدة إيلينا تُخبره أنها ماتت.

نزل الخبر عليه كالصاعقة ولم يُصدق فهرول إلى منزلها ووجد حشدًا من الناس وكان عقله يرفض استيعاب كل ما يحدث وقلبه قد نال ما نال من التحطم والألم، تردد لسانه في السؤال ولكنه في النهاية استجمع شجاعته وسأل أحد الواقفين عما حدث، فقال له أنَّ تِلكَ الفتاة الجميلة ماتت، ولما رأى جدتها في حالة انهيار لم يستطع أنْ يتمالك نفسه وهرب رُغم أنه كان يود توديعها لآخر مرة ورؤيتها حتى وإن كانت ملامحها محفورة بداخله.

وبعد مرور ثلاث سنوات..

الطبيب النفسي: لازم نحل المُشكلة، لازم نعيد الموقف أو تتخيله تاني وتقولي هتتصرف إزاي.

آدم: إزاي؟! يعني عايزني أتخيل وأعيد اللي حصلي تاني! أنا أصلاً منسيتش، أنا عِيشت سنين طويلة بتعذب.

الطبيب: لازم تتخيله ونعيد المشهد تاني علشان تتخلص منه وتخرج من العذاب ده.

آدم: يعني أعمل إيه؟

الطبيب: قولي أنت كنت بتفكر تعمل معاها إيه وهي عايشة؟

آدم: أحياناً كنت بفكر أواجهها وأتخانق معاها لدرجة إني فكرت في القتل.

الطبيب: فكرت تقتلها؟

آدم: فكرت بأي طريقة أبعدها بيها عن الشخص اللي بتتواصل معاه.

الطبيب: فكرت تقتله مثلاً!

آدم: أحياناً كنت بفكر أواجهه هو وأهدده بأي شكل علشان يبعد عنها، أو أخليها تكرهه وتبعد عنه.

الطبيب: ومفكرتش في النتيجة إذا قتلتهم مثلاً؟

آدم: فكرت؛ لكن في وقتها كنت هرتاح وأطفي ناري، ووجعي يهدى حتى لو دخلت السجن.

الطبيب: مفكرتش تتكلم معاها أو تلتمس ليها أي عُذر؟!

آدم: فكرت أجبر عقلي على إنها غريبة عني وأنا ماليش أي حقوق عليها علشان وجعي يخف.

الطبيب: ومين قال إن وجعك ساعتها مش هيزيد؟!

آدم: فكرت في كده وبرغم كل الغضب والكُره اللي جوايا إلّا إنهم ميستاهلوش أضيع عمري ومستقبلي علشانهم.

الطبيب: مفكرتش في أي طريقة تانية؟

آدم: فكرت أواجهها كتير، وفي نفس الوقت خوفت متخجلش مني وتستمر علاقتها معاه، كأني مُغفل وطفل صغير بتضحك عليه.

الطبيب: مفكرتش تتبع طرق سلمية زي إنك تدعيلها ربنا يبعدها عنه؟

آدم: فكرت وعملت كده؛ لكن بصراحة أغلب الوقت كنت بدعي لنفسي ربنا يخفف ألمي، ويهوّن عليّا، هل كده أنا كنت أناني؟

الطبيب: أنت شخص واثق من نفسك ومش بتهتم بكلام حد ليك صح؟

آدم: بس ده ميمنعش إن كلامهم كان بيوجعني، حتى لو أظهرت عكس كده.

الطبيب: أنت تعرف إن حواليك كمية طاقة سلبية وده نتيجة الكُره وحقد كبير، مفكرتش تخفف من التجربة دي وتروح چيم؟

آدم: فكرت فعلًا وعملت كده وكنت بخرَّج كل اللي جوايا على شكل ضرب وتمارين صعبة بعملها، مكنتش بحس بألم جسدي قد ما حاسس بنار جوايا وغضب وكُره.

الطبيب: وفكرت في إيه تاني؟

آدم: فكرت أنتحر.

الطبيب: وبعد ما تنتحر فكرت هيكون إيه مصيرك؟

آدم: هو عارف قد إيه أنا حاولت وعِيشتْ في مأساة كبيرة.

الطبيب: مش هقولك إنك كده تكون كافر لأنك يئست من رحمته لكن مقدرتش تشوف حُبه ليك وسط الابتلاءات دي كلها، مش كفاية بالنسبالك؟!

آدم: مكنتش شايف قدامي غير كده.

الطبيب: انت كنت بتصلي يا آدم؟

آدم: لأ.

اكتشفت مع الوقت إن الصلاة هي أساس الحياة زي اللي بيكون مُدمن ومش بيرتاح غير لمَّا ياخد الجُرعة، عُذرًا على التشبيه بس

الصلاة عادة وروتين مُمتع لدرجة محدش يتخيلها ولا حياته تكمل من غيرها وكل يوم بيحس بحاجة ناقصاه لو معملش أهم شيء وهي الصلاة، هي الأساس وممكن إننا نبني حياتنا من غيرها بدليل إن الأجانب أو اللي على غير دين الإسلام مُتقدمين وفي تطور مُستمر مع إنهم غير مُسلمين ومفيش عندهم صلاة ولا أي سبيل روحاني يخرجهم من التعب والهم ومع ذلك هُما مُجتهدين وبيلاقوا حصيلة تعبهم ده في الدنيا، وحتى الغير مُسلمين عندهم حسب كل ديانة صلاة بشكل مُعين وأغلبهم بيقدسوا العبادة دي أيًّا كان شكلها على عكسنا كمُسلمين عارفين الفرض اللي علينا وإننا على حق ومع ذلك مش بنعمله ونقدسه ونواظب عليه وياخد حقه!

في النهاية أيّ إنسان مش حاسس بصلة قوية أو علاقة مُقدسة في حياته بيحس إن دايمًا ناقصه حاجة مهما كدب على نفسه أو تجاهل الشعور ده، وإحساس النقص بيلازمه طول حياته لأنه في الحقيقة مُقصر في الأساس وكل اللي هو بناه ده هشّ وسهل يقع في أي لحظة وإحساس الخوف بالتدريج بيجيله من وقت للتاني حتى لو مش واخد باله أو مش قادر يفسره بشكل صح وممكن يدخل كمية متاهات ولو لقى السبب الحقيقي قدَرًا أو صُدفة بتكون النهاية قربت وقرَّب يخرج من العالَم اللي أشبه بِعالَم الأموات واللي مش عارف فيه مصيرُه ولا حتى مرتاح الوقت الطبيعي اللي المفروض يرتاح فيه.

تكررت الجلسات النفسية لآدم وبدأ في التحسن إلى الأفضل ولكن ببطء، وفي يومٍ من الأيام..

الطبيب: هتعمل إيه إذا أبوك رجع؟

آدم: مش عارف بس أنا أحيانًا بحس إني مش عايزه، وإني مش هسامحه خالص.

الطبيب: على فكرة عدم القدرة على إنك تسامح تؤذيك أنت كمان.

آدم: بحس بكده فعلًا؛ لكن أعمل إيه مش قادر.

الطبيب: بإيدك تقدر إذا قررت وحاولت.

آدم: حاولت كتير لكن مقدرتش.

الطبيب: حاول تاني ومتيأسش.

ذهب إلى المنزل وهو يُفكر في كلام الطبيب وماذا سيفعل إذا عاد والده، ثُمَّ نام ورأى منامًا عجيبًا، كائن أقرب إلى بني البشر لكنه لم يستطع أن يرى ملامحه بوضوح فقال:

الشخص الغريب: ازيك يا آدم؟

آدم: أنت مين؟

الشخص الغريب: مش مهم أنا مين؛ لكن المهم تعرف أنت مين.

آدم: مش فاهم.

ثُمَّ اختفى الشخص وبعدها استيقظ آدم فَزِعًا بعض الشيء يقول لنفسه: يا ترى مين ده، ويقصد إيه؟

ثُمَّ ذهب إلى الطبيب وحكى له ما رأى فقال له الطبيب: ممكن يكون حِلم عادي أو رسالة ليك.

آدم: مَظنش إنه حِلم عادي ولو رسالة فهي مش مفهومة بالنسبالي.

الطبيب: جايز يكون من عقلك الباطن، وجايز تشوف حِلم زي ده تاني وساعتها توضح الرؤية أكتر.

ذهب آدم إلى المنزل وأخذ يُفكر في ذلك الحُلم ثُم نام على أمل أن يراه مرة أخرى.

نورهان: أنا فرحانة أوي يا عائشة.

عائشة: اللهم بارك، ربنا يُثبتك عليه.

نور: وأخيرًا رُزقت النقاب.

عائشة: الحمد لله يا نور.

نور: أنتِ وحشتيني أوي، مش هشوفك قريب ولّا إيه؟

عائشة: وأنتِ كمان وحشتيني، هقول لِيوسف لأنه بيخاف عليّا خاصةً بعد ما بقيت حامل.

نور: ربنا يقومك بالسلامة يا حبيبتي، وأنا أكون خالة بقا.

عائشة: اللهم آمين يا أجمل خالة.

وبعد إقناع نور لِرُقية أنْ تذهب إلى طبيب نفسي قررت الذهاب وكان يُدعىٰ ياسين، قام بافتتاح عيادته مؤخرًا على أمل أن يُساعد كل مَن يُواجه صعوبة نفسية في الحياة أو يرفضها ولا يقبل الواقع أبدًا، تِلكَ كانت نيته الخالصة لوجه الله، وقد كان شابًا وسيمًا وعلى خُلُق.

وفي أول زيارة للطبيب ذهبت نور مع رُقية ودخلت رُقية للطبيب فَسألها: ازيك عاملة إيه؟

فلم تَرُد رُقية في البداية، فطرح عليها سؤالًا أخر: طيب حابّة تعرفيني بنفسك؟

فردّت: أنا رُقية عندي 20 سنة لكن أحيانًا بحس إني عندي 10 سنين أو أقل كمان، وساعات بحس إن عندي 70 سنة.

الطبيب ياسين: وبتعيشي جوا كل سن من دول مُجرد إحساس عابر وخلاص؟

رُقية سرحانة: مش عارفة.

الطبيب: لازم تتكلمي علشان أقدر أعرف فين المشكلة بالظبط ونعالجها.

رُقية: البشر مؤذيين جدًّا، كان أول حُب خدعني وطفولتي معِيشتهاش، وصاحبتي اللي دمرتني..

الطبيب: يعني المُشكلة في الماضي؟

رُقية: المُشكلة في الماضي والحاضر اللي مش قابلاه والمستقبل اللي دايمًا خايفة منه.

الطبيب ياسين: بإيدك تنسي الماضي وتتعلمي منه لكن مش بإيدك ترجعيه أو تغيّريه.

رُقية: مش فارق معايا أعيش، حتى أحلامي مُهمشة، أحبطوني بكل الطُرُق.

الطبيب ياسين: طول ما أنتِ عايشة وفيكِ النفَس تقدري تخلقي لنفسك طموح جديد.

رُقية: عايشة بالاسم لكن في الحقيقة مش كده.

الطبيب ياسين: احكيلي عن رُقية اللي محدش يعرفها ورُقية اللي الناس تعرفها.

رُقية: رُقية كانت عايشة للناس أكتر من نفسها لدرجة إنها مبقتش عارفة إزاي تحب نفسها، وكانت بتشيل هم الكل رغم إن محدش سألها ولا مرة ولا شال همها.

الطبيب ياسين: كملي.

رُقية: لأول مرة تسلم قلبها وحد يخونها ويخدعها.

الطبيب: مش جايز تكوني عايشة في دور الضحية مع إن المفروض ده مَيحصلش.

رُقية: يفضل احتمال، وبعدين ليه المفروض؛ ليه كل شيء مفروض ولازم بالإجبار؟!

الطبيب: جواكِ عِند وتمرُد على الواقع.

رُقية: وليه مَيكونش الواقع اللي أصعب عليّا.

الطبيب: التجارب بنعيشها زي ما هيّ، أنتِ محتاجة تخرجي من الماضي وتتحرري منه، وبعد كده نشوف الخطوة اللي بعدها.

رُقية: كان جوايا كلام كتير عايزة أقوله.

الطبيب: لازم تواجهي، ممكن تتخيلي إن أنا نفس الشخص ده قدامك وتقولي كل اللي جواكِ، حاولي..

رُقية دخلت في حالة انهيار: مكنتش عايزة أسمع كل شيء قسمة ونصيب اللي أنت حتى مَقولتهاش، كنتِ عايزة أعرف السبب، ليه كذبت عليّا وخدعتني؟

ليه خلّيتني مريضة بحُبك وبعد الوقت ده كله تسيبني!

الطبيب: مفكرتيش إن ده خير ليكِ؟ وإني لو كنت فضلت معاكِ كانت حياتك هتكون أسوأ؟ مَحاولتيش تستوعبي لحد دلوقتي إن عادي تتعبي شوية في الأول حتى لو فضلتِ سَنة وبعدها تكسبي باقي عمرك أحسن ما تعيشي على أمل زايف من واحد أناني ومش قادر يعطيكِ حنية وأمان؟

رُقية: فعلًا رغم إني كنت مفكرة إني ضيعت من غيرك؛ لكن مع الوقت بتأكد وصوت من جوايا بيقولي إنك خسرت واحدة زيي وهتعيش باقي عمرك ندمان وإني مع الوقت أحسن من غيرك.

وفي يومٍ من الأيام رأى آدم نفس المنام فقال له الشخص الغريب: الأسماء بتتبدل زي البشر وطباعهم.

آدم: طيب أنت عايز مني إيه؟

الشخص الغريب: مش أنا اللي عايز.. أنت.

آدم: طيب أنا بشوفك ليه، أعمل إيه؟

الشخص الغريب: رسالة ولازم أوصلهالك.

آدم: رسالة إيه؟

الشخص الغريب: ده ليل، ودي أروى هيساعدوك.

آدم: هيساعدوني إزاي؟

الشخص صامت، ثم اختفى.

استيقظ آدم فزعًا ومُتحيرًا وحكى للطبيب ما حدث فَتعجب الطبيب وقال: جايز فعلًا تكون رسايل ليك تساعدك في حياتك، ممكن تكون بتتخيل وأنت صاحي؟

آدم: أنا مش مجنون.

الطبيب: مين قال إن اللي بيتخيل مجنون؟!

آدم: مش تهيؤات وممكن تطلع هلاوس؟

الطبيب: ممكن تكون بتهرب علشان تخلق عالَم تاني في شخصيات تسمعها وتسمعك!

آدم: لأ، أنا لمَّا بنام بالليل بشوف ده وعمري ما تخيّلته وأنا صاحي.

الطبيب: أنت إمتى آخر مرة كتبت؟

آدم: من ساعة ما إيلينا حبيبتي ماتت.

تُوفي الطبيب وحزن آدم لأجله ولكنه قرر أن يُكمل الطريق وحده ويُحاول مرة أخرىٰ وقرر أنْ يستمر في الكِتابة مرة أخرى.

عادت نورهان في زيارة إلى جدتها التي اشتاقت إليها.

الجدة: فيه عريس عايز يتقدملك يا نور عيني.

نور: مش لمَّا أتخرج الأول يا حبيبتي ده فاضل سنة!

الجدة: وإيه المانع لما تتخطبي دلوقتي والجواز بعد سنة؟!

نور: طيب ممكن ييجي هو وأهله ونعمل رؤية شرعية وبعدها أقرر.

الجدة: هو كويس وأهله ناس محترمين وطيبين أوي، وبعدين في الآخر الرأي رأيك بس عايزة أفرح بيكِ قبل ما أموت.

نور: بعد الشر عنك يا حبيبتي، طيب ربنا يقدم اللي فيه الخير.

كيف تفوتك المحطة الخاطئة التي هي غير مُقدرة لك؛ لِما فيها مِنْ شر لن تطيقه وأنت ترغب في العودة إليها!

كأن تُخطئ السهام ويحدُث ما هو في صالحك لِيُبعدك عن طُرق الألم وأنت تبحث عن طريق العودة إليها وتسلكها بالفعل، كم أنت غبي!

أفرح عندما ينتهي الشِتاء وكأن الحزن يرحل معه، نحن نعلم رُغم حُب الكثير لهذا الفصل إلا أنه يأتي بكآبته ويُنغص علينا أحلامنا ويُقلب المواجع المدفونة في أعماق الذاكرة ولكنها لم تُنسى بعد بالفعل، فتأتي القشة أو موقف عابر فتطفو على السطح لِتُظهر مدى كذبنا في التجاوز والتخطي، في النهاية هو مُجرد فصل من الزمن.. يمُر ويبقى أثره.

أنت لا تعلم كم هو مؤلم أنْ تمشي والدموع تملأ عينيك وتنظُر في أعيُن المارة عسى أن يُلاحظ أحدهم حُزنك فتتشبث بِردائه قائلًا:

أنا طفلٌ صغير قد جارَ عليه الزمن، لا تتركني.. الأمر مُثير للشفقة أنْ تطلُب النجاة وأنت عزيز النفس؛ فَتذكّر أنَّ قلبك قد تفتت بالفعل وانتهى الأمر.

حينما لا تعلم هل تختبئ منهم لِتُواري حُزنك ثُمَّ تتذكر أنَّ حُزنك ليس عورة لِتُخفيه، دعه يخرُج.. تخشى أنْ تتألم أكثر! أنت بالفعل مُحطم.

جلب آدم أوراق قديمة كان قد كتبها مُنذ بضع سنوات، كتبَ: الكتابة لم تكُن حلًّا؛ بل كانت سبيلًا للهروب أو توثيقًا للهزائم، لم تُنقذني من أفكاري بل زادت من سوداويتها، رُغم أنني أودع الشِتاء الذي لا أحبه والذي لم يكُن أبدًا ضيفًا مُرحبًا به، ظننتُ أنني سأكون مُطمئنًا وسَيحل الهدوء على صدري ولن تهيج مشاعري السلبية وتفيض دموعي؛ ولكن اتضح أنَّ تقلب الفصول أمرٌ عاديّ ولكن فصل الحُزن كان دائمًا وثابتًا داخل قلبي، لا أذكُر كم قابلتُ في حياتي مِنْ أناس سيئين، رُبما لأنني سيء أيضًا، تُراودني فكرة الانتحار في بعض الأحيان وفي ذلك الفصل بالتحديد الذي يجعلني أختنق ويُعيد عليَّ المواجع التي لا أنساها أبدًا، كُل ما أردتُ قوله فقط: وأخيرًا انتهى الشِتاء ورحل ولكنني ما زلتُ حزينًا، ولم يرحل وجعي.

بعدما قرأ آدم هذا الكلام قال لنفسه: لقد كُنتِ يا إيلينا أجمل شيء حدث لي، اشتقتُ إليكِ.

قرر آدم أنْ يكتُب من جديد فمسك قلمه وأحضر ورقة وقرر أنْ يُفرغ ما بداخله على الورق مرة أخرى: أنت لا تعلم كيف تهرُب في الكِتابة من أحزانك، وتتخيل أنك بذلك فقط تُعبر عمّا بداخلك لا أكثر؛ ولكن تكتشف أنك تتعرى فَترى حقيقتك أكثر وتتحول آلامك لنزيف الحِبر على الورق، ليس مُجرد حروف مُبعثرة أو حتى جُملًا

مُرتبة، تصطدم بالواقع فَتكتُب، إلى أيّ حد تكون الحقيقة مُجردة من الوجع؟!

ذكرتُ يوم ميلاد أحدهم، كان عزيزًا على قلبي ورُبما ما زال وإلّا لَما ذكرته الآن حتى وإن قُلت مكانته لِما تسببه لي من ألم، نفس الألم بنفس الطريقة أكثر من مرة، لن أقول له هذا العام "كل عام وأنت بخير" وكأنني بهذه الطريقة أُعاقبه ولكن يبدو أنني أُعاقب نفسي، لا أنكر أنني بكيت وظللت أُغني "كان ليا في يوم حبيب أغلى من القمر، سابني لوحدي غريب سابني للسهر، وأعمل إيه يا ناس وده حُكم القدر"..

الكثير من الأشياء في حياتنا لم نختارها ولكننا نملك قوى التغيير وإن خارت قوى العقل، يكفي أنْ نؤازر بعضنا بِنظرة أو حتى إحساس، يبدو وكأن الأفكار ازدحمت داخل رأسي ورغم أنني أملك قلمًا أشعُر كأن يداي قد بُترت لذا أبكي مرة أخرى.

أتساءل لماذا جُعل الرحيل نهاية بعض القصص؟

لأن هُناك نهايات لا تموت حتى بعد الرحيل، يا له من وجعٍ عظيم!

ما هذه الفاجعة الكُبرى! إلى هذا الحد لنا تأثير على بعضنا البعض رغم أنَّ لنا نفس المصير!

توقف آدم عن الكِتابة وخلد إلى النوم فرأىٰ فتاة جميلة لأول مرة وقالت له: مَتضيعش الفُرصة يا آدم.

آدم: أنتِ مين؟

الفتاة: اوعى تضيّع الفُرصة وتضيع أنت كمان.

آدم: فُرصة إيه مش فاهم.

الفتاة: كل شيء بِأوان.

ثم اختفت واستيقظ آدم وهو في حالة حيرة وسأل نفسه: إيه حكاية الأحلام دي، ومين البنت دي كمان!

قرر الذهاب إلى عيادة الطبيب النفسي الذي توفاه الله ولكن ابنه ما زال شابًا صغيرًا قرر أن يُكمل مسيرة والده.

آدم: السلام عليكم.

مُعاذ: وعليكم السلام، أهلًا وسهلًا مين حضرتك؟

آدم: أنا آدم كنت مريض عند والدك الله يرحمه.

مُعاذ: الله يرحمه، أقدر أساعدك في حاجة؟

آدم: في الحقيقة أنا مكنتش خلصت فترة علاجي عند والدك.

مُعاذ: كنت بتعاني من اكتئاب مثلًا أو مرض مُحدد؟

آدم: لأ، أسوأ من الاكتئاب.

مُعاذ: شيزوفرينيا مثلًا أو انفصام الشخصية؟

آدم: لأ، أنا بس جاي أتكلم معاك شوية مش أكتر، زي ما كنت بحكي لوالدك الله يرحمه.

مُعاذ: طبعًا تحت أمرك، اتفضل.

آدم: هحكيلك من الأول لأن عايز أفهم الموضوع.

مُعاذ: وأنا أكيد يهمني أفهم برضو.

حكى له آدم كل شيء تقريبًا والأهم ما رآه أكثر من مرة في منامه..

مُعاذ: عالَم الأحلام واسع، ومش دايمًا كل حاجة بيكون ليها تفسير واضح.

آدم: ممكن تحاول.

مُعاذ: أظن إن الواضح رسايل ليك وحاجات هتحصل معاك عن قريب فَممكن يكون ده تحذير ليك أو بيهيأك.

آدم : ممكن.

مُعاذ: ده رقمي لو احتاجت أي حاجة في أي وقت اتصل بيا.

آدم: شُكرًا يا دكتور.

ذهب آدم إلى البيت وتناول الطعام وأعدّ كوبًا من الشاي ثُمَّ جلس يُفكر ومن ثمّ مسك قلمه وأخذ يكتُب: ها هو رمضان على الأبواب والذي يُعَد استراحة نفسية وبدنية لِكُل مَنْ أرهقته الحياة، ومحطة شحن للطاقة لِمَنْ خارت قِواه، يأتي لِيؤكد أننا في معيّة الله الذي رحمته وسعت كل شيء وأننا بدونه لا شيء، ولِمَنْ أدرك قيمته من بين شهور العام التي تمر ولا نشعُر بها، كذلك ننتظره والحق أنَّ الله لم يترك سببًا نفسيًا وصحيًا فقط؛ بل لا مجال للشك بالعقل لأن كل ما مُنِع يضر الجسد وكل ما فُرض مُفيد لصحة الجسد فَتِلك فائدة بدنية وروحية ونفسية واجتماعية توطيدًا لبذور الخير إيمانًا منّا أنه فينا إلى يوم قيام الساعة ولا أدري ما فائدة ذلك السؤال الذي يقول: هل مَنْ لا يُصلي يُقبَل صيامه؟

والحق أن الإجابة لا تحتاج إلى تعقيد وهو أنك تصعد درجًا وتركت سُلمة وصعدت الأخرى فَمِن الطبيعي ألّا تشعر بالتوازن، فالصلاة فرض في ترتيب الأركان قبل الصيام فهي الرُكن الثاني، لذلك هُناك الكثير من الخلل في حياتنا.. كم نحن ضُعفاء!

ماذا نفعل إذا لم يكُن هُناك رمضان؟

ثلاثين يوم في العام قادرين على إحياء بعض الناس ومُعالجة تلف إنسان أو إنعاش أحدهم، إنَّ الصيام ما هو إلّا تهذيب للنفس، ليس فقط مُجرد الامتناع عن الطعام والشراب، إنه رحمة وطوق نجاة لِمَن أدرك أنَّ هذه الحياة الدنيا ليست النهاية.

أذكُر يوم سرق أحدهم هاتفي بلا ضمير أدركتُ حينها كم هو زائف ذلك العالَم الذي ظننتُ أنني من خلاله أمتلك أصدقاء، أدركتُ حينها كم أنا وحيد؛ ولكن الوحدة ممتعة رغم أنها مؤلمة، الأمر غريب، شيء لم أعتد عليه إنه في النهاية عالَم افتراضي مهما كوَّنت من صداقات وعلاقات، في النهاية تظل وهمية أكثر من كونها حقيقية، ما زلتُ أذكُر إيلينا ولأول مرة أذكُرها وأبتسم، فقد تركت ذكرى جميلة أيضًا، هي أول امرأة في حياتي تأخذني إلى درب الهوى ولا أتألم، في الواقع لم أكُن أتقبل أنَّ أمي هي المرأة الأولى في حياتي، كنت أتجاهل تواجدها في الحياة حتى رحلت وبعدها أدركت الفراغ الذي تركته، لم أكُن أعلم كيف أسامحها، وهل أحبها أم لا، والحُب وحده لا يكفي ولكن مثل تِلكَ العلاقات مُعقدة، بعدها عرفتُ إيلينا وتركت ألمًا عميقًا بفقدها.

في عيادة الطبيب مُعاذ فتاةٌ تبكي وتتحدث بغضب: أنا بكرَه أبويا وأمي.

لم تكُن الفتاة المُدللة لِعائلتها، تُدعىٰ رؤى فتاة في مقتبل العمر، ذات بشرة بيضاء وجسد سمين بعض الشيء، هي فتاة حالمة تهرُب كثيرًا إلى أحلام اليقظة، أمضت عمرها في اللاوعي، تهرب من الظروف وتخشى مواجهة الحياة ولكن إلى متى؟

صوت بائع الخضار يُنادي "اللي عايز الطماطم على العربية"

الأم: قوليله يستنى.

رؤى: حاضر.

الأم: اخلصي، ده أنتِ باردة وغبية.

رؤى والدموع ملأت عينيها: حاضر.

الأم: وريني كده عرفتِ تنقي؟

رؤى: اتفضلي.

الأم ألقتها في وجهها بقسوة: إيه القرف ده أخليكي تاكليها كده أنتِ؟

رؤى: معلش والله مخدتش بالي.

الأم: أنتِ عِميتي ومَشوفتيش البايظة دي؟!

رؤى: معلش مش هنقيها كده تاني.

الأم: غوري من وشي، اعملي باقي الحاجات اللي قولتلك عليها، جتك داهية وأنتِ شكل أبوكِ.

رؤى: حاضر.

الأم: واعملي حسابك تطلعي شُغل بدل قعدتك دي.

رؤى: ما أنا دورت ومش لقيت.

الأم: شوفي تاني يختي على الأقل تخفي جسمك ده وأنتِ تخينة كده.

الأب: إيه الزبالة اللي هنا دي يا بت أنتِ؟

رؤى: حاضر هاجي أشيلها.

الأب: اتشليتِ علشان مَعملتيهاش في ساعتها ليه! جتك القرف وأنتِ زي أمك.

الطبيب مُعاذ: ليه بتكرهي أبوكِ وأمك؟

رؤى: يعني هما ليه بيعاملوني كده، كأني مش بني آدمة، ولدرجة إنهم بيتنمروا عليّا وعلى شكلي أحيانًا وبيحسسوني كأني غلطة.

الطبيب: ليه قررتِ تروحي لدكتور نفسي؟

رؤى: حاولت كتير أتجاهل لكن لقيت نفسي بتدمر نفسيًا.

مُعاذ: حاولتِ إزاي؟

رؤى: كنت بهرب من الحقيقة والواقع معظم الوقت وحتى جربت أقرأ كتاب للدكتور محمد طه فعرفت إني محتاجة أروح لطبيب نفسي.

مُعاذ: هل بسبب قسوتهم عليكِ بس كرهتيهم؟

رؤى: أنا عندي عشرين سنة ومع ذلك حاسة إن عندي ستين سنة بسبب إني اتربيت في بيت مُفكك زي ده.

مُعاذ: عندك إخوات؟

رؤى: أيوه وأنا الكبيرة.

مُعاذ: مَفكرتيش إن تصرفاتهم دي علشان تقدري تشيلي مسؤولية؟

رؤى: أيّ مسؤولية اللي تخلي أب وأم يوصلوا بنتهم إنها تكرههم؟

مُعاذ: طيب مَفكرتيش تتكلمي معاهم بهدوء؟

رؤى: أنا بخاف منهم وهُما مش بيسمحولي خالص بكده.

مُعاذ: حد يعرف إنك جاية العيادة النهاردة؟

رؤى: لا، حتى ماليش أصحاب.

مُعاذ: طيب أنتِ شايفة إيه الحل؟

رؤى: خطر في بالي إني لو ينفع أختار أب وأم غيرهم، بشوف أهالي كويسين كتير مع عيالهم.

مُعاذ: لكن ده مش هيحصل أبدًا؛ لأن محدش فينا بيختار أهله.

رؤى: مع الأسف.

مُعاذ: وبعدين إيه اللي خلاكي ضامنة إن لو مكنش دول أهلك كنتِ هتكوني سعيدة؟

رؤى: مش عارفة.

مُعاذ: أنتِ بتصلي؟

رؤى: بصراحة مش دايمًا، يعني مُتقطعة في الصلاة.

فقدت جارتنا ابنها في حادث وفقدت أيضًا جارة أخرى لنا ما زالت فتاة صغيرة أباها بقضاء الله وعندما نتخيل أيهما أشد ألمًا؟!

شعرت صديقتنا أنَّ الألم حقًّا يكون بسبب فراق مَنْ تركوا أثرًا طَيِّبًا بعد وفاتهم، لا مَنْ جعلوا أنفسهم أمواتًا بالقلوب وهم أحياء بسبب أفعالهم وقسوتهم المُفرطة، لا شعور سيء يُضاهي ألّا تشعُر بالألم الطبيعي تجاه أهلك ولا تستطيع أن تشعر بأثر فقدهما لكثرة ما محوه من وُد ورحمة.

وهل في الفراق والفقد مُفارقة في الألم، إنه ابتلاء كُلٌّ على قدر طاقته وتحمُله مهما كان الأمر صعبًا، نعيش ونتعلق بأناس لا تربطنا بهم حتى صلة دم ومع ذلك فلا نشعُر أنهم غُرباء عنّا، كأن يأتي غريب يُداوي ما فعله مَنْ هم جُزءٌ منّا بقلوبنا وعقولنا، ألم فراق الأحباب لا يوصف ولكن حتى الأنبياء ابتلاهم الله بِذلك فلا فرق إذًا إلّا في درجات الصبر والعِصمة من الوقوع في الخطأ وعدم الاعتراض والجزع.

"إذاعة القرآن الكريم من القاهرة"

استيقظ آدم على صوت المذياع، صوت الحصري يملأ أركان الصباح، ولطالما كان أحد الأصوات المُفضلة والمُميزة في إذاعة القرآن الكريم وأيضًا صوت محمود علي البنا وهو يقول "إذ يقول

لِصاحبه لا تحزن إنَّ الله معنا" وهل هُناك في هذه الدنيا صاحب مثل أبي بكر الصديق؟

صوت عبدالباسط عبدالصمد والمنشاوي يُشعراني بالاطمئنان فقد أدركت سبيل القرآن المؤنس، هل ما زال هُناك أمان في هذا العالَم؟!

أم تقتل أبنائها وأب يقتل أبنائه وابنة تقتل أمها، في أي عالم نعيش؟!

الأمر أصبح أقرب للاعتيادي حتى القسوة لم تعُد غريبة علينا، أين الخير فينا أم هل أتى يوم القيامة باكرًا؟!

طرح آدم على نفسه تِلكَ الأسئلة بعدما استمع إلى نشرة الأخبار وتصفح بعض المجلّات والجرائد، حيث زاد مُعدل الجريمة تِلكَ الفترة وفجأة تذكر أنه سيتم الثلاثين!

"عالَم الأموات مُخيف ولكنه ليس نهاية الرحلة"

كان آدم يسير في الشارع وارتطم بأحد المارة واتضح أنه زميل قديم له، كانا معًا في نفس المدرسة وهم صغار ولكن العلاقة بينهما لم تكُن جيدة أبدًا، كان يُدعى مروان.

مروان: مش تفتح وأنت ماشي؟

آدم: معلش مخدتش بالي.

مروان: مش أنت آدم؟

آدم: أنت مروان؟

مروان: أيوه أنا يا ابن أمك.

آدم: احترم نفسك وستجيبش سيرة أمي على لسانك.

مروان: هتعمل إيه يعني؟

وبدأ الشِجار وتجمع الناس يُحاولون الفصل بينهم إلى أن ذهبا إلى قسم الشُرطة وتم الأمر بحبس آدم وخرج مروان بسهولة بسبب سُلطة ونفوذ وأموال والده.

وعندما دخل آدم السجن وجد شابًا بشرته مائلة إلى السواد، مفتول العضلات ممشوق القوام، عيناه بُنيتان وشعره أسود طويل.

آدم: ازيك؟

ليل: الله يسلمك، أنت تعرفني؟

آدم: حاسس إني شوفتك قبل كده!

ليل: لا، متهيألي دي أول مرة نتقابل.

آدم: جايز، بس أنت هنا ليه؟

ليل: بيقولوا إني حاولت أقتل.

آدم: تقتّل إزاي!

ليل: يعني فيه محاولة لجريمة قتل.

آدم: وأنت حاولت تقتّل فعلًا؟

ليل: مش عارف.

طوفان من المشاعر السلبية قد ثار ولكنه اندثر سريعًا، كانت أول صرخة وآخر صرخة هي عند ولادته لِتكُن الدليل على أنه حيّ وبعدها أصبح أسير الكتمان، طفلٌ وُلد بعيدًا عن أحضان العالَم العادي (أم وأب) أمٌّ فقط وأب كتب غيابه عن قصد عند أهم لحظة وكأنه يقول لا أكثرت لِمجيئك، فأصبح غائبًا داخله للأبد، كيف تبني أسرة سويّة ولا يوجد أساس متين!؟

إنه إرث أشبه باللعنة لا ينجو منه أحد قد خُلط دمه بِتلك العائلة، وهمٌّ عاش فيه وهو يحسب نفسه جُزءًا منهم كما هم جُزء منه، عاش في حكاية مأساوية كُتب لها عدم الكمال، حاول التغيير منها ولمَّا يأس حاول التأقلم، خاف أن يخسر نفسه كما خسر الكثير، لا يُصدق أنه باع كرامته مرة بثمنٍ بخس نظير مشاعر مؤقتة وأمل تحول لسراب وعيون حالمة لا ترى المُستقبل المُظلم كما هو اسمه "ليل" أحب اسمه ولكن اسمه لم يُحب، عاش مُغامرًا وحاول بشتى الطُرُق أن يتقبل الحياة وفي كل مرة رفضته هي، لِيُثبت لنفسه أنه ما زال إنسانًا قبل أن يتحول لوحش بلا قلب، ليس له وظيفة سوى النبض لضخ الدم فيعيش رُغمًا عنه، قرر الثأر لنفسه من الدنيا وظروفها القاسية لِما جَنته عليه ولكنه في الحقيقة كان يثأر في نفسه وليس لها، ولا يعرف ما الذي ينتظره.

آدم: طيب أنت حاولت تقتل مين؟

ليل ينظُر في صورة: هي تعبت كتير وأنا كنت بحاول أساعدها.

آدم: مين اللي في الصورة دي؟

ليل: أختي.

آدم: أنا شوفتها قبل كده.

ليل بدهشة: شوفتها فين؟!

آدم: في الحِلم.

ليل: أنت هتهزر ولا إيه، وبعدين إيه حكايتك؟ عمال تسألني ومقولتليش أنت جيت هنا في إيه؟

آدم: اتخانقت مع واحد شايف نفسه وفرحان بفلوس أبوه وبيعايرني ويقلل مني فَاتخانقنا.

ليل: آه، السجن للجدعان.

آدم: هي دي أختك فعلاً؟

ليل: آه أختي في الرضاعة.

آدم: طيب وهي إيه علاقتها بحبسك هنا؟

ليل: كنت معدي عليها لأن بقالي كتير مشوفتهاش، قولت أتطمن عليها..

آدم: وبعدين؟

ليل: سمعتها بتصرخ وتزعق مع أمها وأبوها، طلعت جري أفهم إيه الحكاية.

آدم: وعرفت إيه؟

ليل: قالولي متدخلش، وعرفت إنها حاولت تنتحر قبل كده بسببهم فكانت ماسكة في إيديها جاز وسكينة وبتهددهم تموت نفسها.

آدم: وإيه اللي خلّاها توصل للحالة دي؟

ليل: مش عارف، فَمسكت منها الجاز وروحت مولع في البيت وواخدها ونازل بسرعة.

آدم: يعني حرقت البيت وأهلها ماتوا؟

ليل: لا، إصابة بسيطة وفي المُستشفى، وبعدين جايز هما يستاهلوا؛ كانت بتحكيلي على التليفون إنهم بيعاملوها وحش أوي وكأنها مش بنتهم وبتستغرب.

آدم: تقوم تحاول تقتلهم؟!

ليل: عن إذنك هقوم أصلي.

شعر آدم بالدهشة من ذلك الفعل وتساءل كيف يُصلي وقد حاول قتل نفس بغير حقّ!

آدم: أنا عارف إن الوقت والمكان مش مناسبين بس خطر في بالي سؤال.

ليل: اسأل يا عم.

آدم: أنت عمرك حبيت قبل كده؟

ليل: بصراحة آه مرة واحدة من كام سنة، وأنت؟

آدم وقد لمعت الدموع في عينيه: حبيت مرة واحدة بس برضو..

ليل: ومالك حزين كده؟ هو الحب مش حلو؟

رد آدم: ما أجمل أن تغرق في فلسفة الحُب ولكن إيّاك أن تضجر حينما يقتلك الغرق.

ليل: إيه ده أنت بتألف كلام حلو أهو!

آدم: يعني على قدي، بقالي زمن..

للحُبِ سَكَرات تؤدي إلى سكراتٍ أعظم لِمَن يغرق بِلا وعي، وهل هُناكَ حُب بِوعي؟!

نعم، هُناكَ حُبٌّ مقصود أي مع سبقٍ إصرار العقل وانبهار القلب فَتغيب سطوة العقل بالتدريج إلى أن تؤدي بالإنسان إلى الهلاك؛ فلا يعُد يُميز الصواب من الخطأ وهذا أشدّ أنواع الحُب أذى؛ لذلك فقد نجا مَن تركَ جُزءًا جانبًا فَإذا سقطَ بالفخ رُبما يستطيع نجدته، وهنيئًا لك إذا ثملتَ من الحُبِ الحلال وهذا أنقى أنواع الحُب وأندرها في الزمن الحالي، نحنُ بِحاجة إلى الحُب وهذه حقيقة لا يُمكن إنكارها فتمتّع بِهِ قدْر استطاعتك ولكن احذر هوْلَ النتائج.

بعد ثلاثة أيام خرج آدم من السجن بعد أن أخذ رقم ليل لِيتواصل معه.

وبعد مرور شهر خرج ليل أيضًا من السجن بعد ترجي رؤى لأهلها حتى يتنازلا عن الشكوى وأنها ستقطع علاقتها به إلى الأبد.

بعدما خرج آدم من السجن شعر بالسخط على الحياة وأنها لم تُعطِه الفُرصة بعد لِيأخُذ حقه وأنه ظُلم كثيرًا، ولم ينسى إهانة مروان له وأخذ يلعن حظه وحياته، واكتشف كم هو تعيس، فَاتجه لِمُحادثة الفتيات وشُرب الخمر والانحراف بكل أشكاله، وبعد مرور ثلاثة أشهر على تِلكَ الحال، صدمته سيارة وكان على وشك الموت.

تذكر ليل فقرر أن يتحدث معه.

آدم: ازيك يا ليل.

ليل: مين معايا؟

آدم: أنا آدم اللي كنت معاك في السجن.

55

ليل: آه افتكرت، ازيك عامل إيه؟

آدم: يعني بصراحة حالي مش كويس، ينفع أشوفك؟

ليل: آه طبعاً نتقابل، قولي فين وإمتى؟

آدم: في الكافيه اللي على النيل أو في وسط البلد.

ليل: خلاص يبقى في وسط البلد.

آدم: تمام هستناك هناك النهاردة الساعة 10.

ليل: ماشي هخلص شُغل وأجيلك.

وبعد مرور الوقت تقابلا

آدم: أهلاً، أخبارك إيه؟

ليل: تمام، أنت عامل إيه؟ عاش من شافك.

آدم: بصراحة مش في أحسن حال، حاسس إني تايه وضايع ومش عارف أعمل إيه.

ليل: إيه اللي حصل لكل ده؟

آدم: من ساعة ما خرجت وأنا بقيت أشرب وأسهر وأكلم بنات وتقدر تقول خاربها.

ليل: لوحدك؟ طيب كنت افتكر صاحبك.

آدم: حتى أنت كمان، يعني أنا بقولك ضايع تقولي كنت قولي أضيع معاك!

ليل: بهزر معاك يا عم، روّق كده وهتبقى تمام.

آدم: نشرب القهوة ونتكلم.

ليل: أنت عارف إنك مش مبسوط بالطريق اللي أنت مشيت فيه ده؛ فلازم ترجع يا صاحبي قبل فوات الأوان.

آدم: عارف بس مش قادر.

ليل: أنت تحت عيونك أسود كده ليه وجسمك خاسس؟ اوعى يكون اللي في بالي.

آدم: للأسف مشيت في الطريق ده ومش عارف أرجع.

ليل: بقالك قد إيه؟

آدم: شهر، ولما لقيت نفسي كده ملقتش حد غيرك أكلمه، مليش حد.

ليل: صحيح إحنا اتقابلنا في ظروف وحشة لكن ده نصيبنا، وأنت لازم في الأول تساعد نفسك وتبطل.

آدم : خايف مقدرش.

ليل: طول ما أنت خايف يبقى مش هترجع وهتفضل ضايع.

وفجأة صورة وقعت من جيبه فالتقطها ونظر إليها بحزن.

آدم: دي صورة أختك برضو؟

ليل: آه هي اللي دخلت علشانها الحبس.

آدم: هي اسمها إيه؟

ليل: رؤى.

آدم: ربنا يخليكم لبعض.

ليل: من ساعة ما خرجت وأنا معرفش عنها حاجة، خلّوها تقطع علاقتها بيّا خالص.

آدم: إن شاء الله هترجعوا زي الأول وأحسن.

ليل: وأبوها وأمها عايشين! مظنش.

آدم: طيب هي والدتك تبقى أمها؟

ليل: آه بس دي متعرفهاش ولا بتحبها أصلًا.

آدم: ليه كده؟

ليل: عادي بقا.

آدم: طيب أنا هقوم أروَّح دلوقتي ونتكلم ونتقابل تاني بإذن الله.

ليل: ماشي.

آدم: شكرًا يا صاحبي.

ليل: على إيه؟ أنا معملتش حاجة.

آدم: كفاية إنك سمعتني.

ليل: ده واجبي، المهم شد حيلك واجمد كده ولازم ترجع عن السكة دي بسرعة.

آدم: حاضر

"ورثتُ مِنْ أبي قسوة القلب، ومِنْ أمي قلة الإيمان"

الحياة الافتراضية ليست مُدهشة ولا تُثير الجدل أو تُنغص العقل ولا تُأرِّق القلب؛ لأن الجميع يعيشها وهُنا لا بُدَّ مِنْ النظر عن بُعد حتى نرى الأشياء على حقيقتها دون أنْ نضعها في مُقارنة بين الواقع والمُشبَّه بالواقع، مَنْ منّا لا يُحب الأحلام الجميلة؟!

لو كُنت يتيمًا كان أكرم ليا، يعني حرام لمَّا أدعي على أبويا أو حتى مكونش بارًّا بيه ومش حرام لمَّا يجيبني الدنيا بأمر ربنا وإرادته ويرميني ومَيعملش واجبه ناحيتي؟! ده أنا حتى مشوفتوش من وقت ما كُنا في المحكمة.

غصب عني يا رب، العِلم اللي أنا اتعلمته خلّاني في ورطة؛ عارف الصح والحلال ومش قادر أعمله وعارف الغلط والحرام ومش قادر أبطله، سامحني يا رب بس أنت عالِم بِحالي وإني حاولت.. حاولت كتير ولسه بحاول، قرر آدم النوم لعلّه يهرب من كل تِلكَ الأفكار التي تُطارده، ولكنه لم يكُن يعلم أنَّ حتى في أحلامه لن يسلم منها.

آدم: ماما!

الأم: ازيك يا آدم.

آدم: مش كويس أبدًا وده بسببك.

الأم: لسه مش قادر تسامحني؟

آدم: أسامحك إزاي؟ أنا حاولت ومقدرتش ولا حتى هو كمان.

الأم: يعني مش عايز تشوف أبوك؟

آدم: هو اللي مش عايز يشوفني.

الأم: حاول تسامح علشان تقدر تعيش بسلام.

آدم: مش قادر، ومش عايز أشوفك ولا أشوفه..

ظل يبكي مثل الطفل الصغير حتى استيقظ فزعًا على صوت الهاتف.

ليل: إيه يا عم كل ده نوم!

آدم: معلش يا ليل.

ليل: ولا يهمك، طمني عليك.

آدم: بصراحة مش حاسس إني كويس خالص.

ليل: باين على صوتك، إيه رأيك تيجي نخرج بالليل؟

آدم: مش عارف هقدر ولَا لأ.

ليل: هتقدر، اعمل حسابك نتقابل بعد صلاة العِشاء، سلام.

آدم: تمام.

وهُنا تذكر آدم صلاة العِشاء؛ حيث أنه لم يذكُر أنه صلَّ العِشاء أبدًا.

بعد مرور ثلاث سنوات..

الحياة ليست دائمًا وردية، فَمثلًا رُبما لا نُميز الورود بدون الأشواك وكذلك الظلام ضروري لنُميز النور، رُبما المُشكلة في

سقف التوقعات وبالتالي نتخبط بين الواقع وأحلام اليقظة ونسقُط من توقع مُرتفع إلى واقع مؤلم.

عائشة: وحشتني.

مجهول: وأنتِ كمان أوي.

عائشة: هنتقابل إمتى؟

مجهول: مش عارف بس هحاول في أقرب وقت.

دخل يوسف فأخفت عائشة الهاتف سريعًا.

يوسف: كنتِ بتكلمي حد؟

عائشة بِتوتر: لأ أبدًا.

يوسف: مُتأكدة؟

عائشة: أيوه يا يوسف انت هتشُك فيّا ولا إيه؟

يوسف: لأ طبعاً يا حبيبتي مقصدتش كده.

عائشة: طيب تَعالى الغدا جاهز.

أصاب الشك قلب يوسف بالفعل ولكنه استعاذ بالله من الشيطان وتجاهل ذلك الموقف ولكن ما حدث بعد يومين جعله يفقد أعصابه، كان عائدًا من العمل فسمع صوت ابنه يبكي فظن أنَّ عائشة ليست بالمنزل، ولكنه صُدِم عندما رآها تتحدث مع شخص غريب وتستعد لفتح كاميرا الإنترنت.

يوسف يُنادي بغضب: عائشة!

عائشة: نعم يا حبيبي.

يوسف: كنتِ بتعملي إيه وسايبة ابنك كده!

عائشة: معلش كنت نايمة ومسمعتوش.

يوسف: كنتِ بتكلمي حد لأني شايفك أون لاين من ساعة ولحد دلوقتي.

عائشة: على فكرة أنت بقيت عصبي وبتشُك فيا.

يوسف يصرخ: بتشُك فيا بتشُك فيا آه بشُك فيكِ وأنتِ السبب.

عائشة: طالما الموضوع كده أنا هسافر عند أهلي.

يوسف: قبل ما تسيبي بيتك هاتي تليفونك علشان تثبتِ إنك بريئة يا ست هانم.

عائشة: لأ مش هتاخد تليفوني والمفروض يكون فيه ثقة أكتر من كده.

يوسف: قولتلك هاتي التليفون أحسنلك.

أخذ الهاتف بعصبية فوجد حساب شاب وصُدِم لما رأى المحادثات بينهم، حاول أنْ يتمالك أعصابه وقال لها: دلوقتي تقدري تروحي عند أهلك بس أظن هتكون راسك في الأرض.

أخذت طفلها وسافرت في نفس اليوم.

أم عائشة: إيه اللي حصل يا بنتي؟

عائشة: لو سمحتي يا ماما مش عايزة أتكلم دلوقتي.

والد عائشة: مالك يا بنتي؟

عائشة: مفيش يا بابا، مينفعش أرجع بيت أهلي في أي وقت؟

والد عائشة: إزاي يعني، ده بيتك ومفتوح ليكِ في أي وقت بس برضو أنتِ ليكِ بيت لازم تحافظي عليه.

عائشة: أنا هدخل شوية بعد إذنكم.

أم عائشة: اتصل بيوسف كده شوف إيه الحكاية

والد عائشة: حاضر

يوسف: وعليكم السلام، ازيك يا عمي؟

والد عائشة: الله يسلمك يا ابني، إيه اللي حصل؟

يوسف: اسأل عائشة.

والد عائشة: ما هي مش راضية تتكلم مع حد.

يوسف: طيب أنا آسف مقدرش أقولك أنا.

والد عائشة: طيب خير بإذن الله، مع السلامة.

يوسف: خير بإذن الله، مع السلامة.

دخلت والدة عائشة الغرفة لتتحدث معها.

والدة عائشة: مالك يا عائشة؟

عائشة: مش عارفة أقولك إيه.

والدة عائشة وقد شعرت بالخوف: أبوكِ كلم يوسف وهو رفض يقول حاجة وقال نسألك.

عائشة: وأنا معنديش حاجة أقولها.

والدة عائشة: اوعي تكوني غلطتِ في حقه.

عائشة بدأت في الانهيار: هو بيثُك فيا.

والدة عائشة: ليه؟ وهو هيجيلُه الإحساس ده كده لوحده!

عائشة: هو سمعني وأنا بتكلم في التليفون مرتين وسألني..

والدة عائشة: أنتِ بتخونيه؟!

وقعت الجُملة كالصاعقة عليها وبدأت في الانهيار

عائشة: حتى أنتِ كمان! بس اطمني أنا مش زيك.

والدة عائشة: الله يسامحك.

عائشة: ما كفاية بقى تعيشي دور الضحية، سنين وأنا ساكتة وتعبت ومبقتش متحملة، أنا صحيح غلطت مرة لكن كنت فاكرة إني بنتقم منك لكن اكتشفت إني بنتقم مني أنا وبأذيني، كفاية بقا حرام عليكِ.

والدة عائشة: كل ده شايلة في قلبك وساكتة؟

عائشة: كانوا دايمًا يقولوا إني لما أكون أم هفهم إيه سبب الأفعال دي والقسوة أحياناً والظُلم كمان؛ لكن لا أنا عُمري ما آذي ابني مهما حصل ومهما كانت الظروف.

والدة عائشة: الظروف كانت أقوى مني.

عائشة: ظروف إيه اللي تخليكي تبيعي شرفك؟ طيب مفكرتيش فينا؟

والدة عائشة: بعد كل اللي عملته علشانكم وضحيت؟!

عائشة: أنتِ كنتِ بتحسسينا بالضعف والذُل والإهانة وبتحبي تمارسي ديكتاتوريتك وتسلُطك.

والدة عائشة: يااااه، معقول شايلة كل ده في قلبك ومش بعيد تكوني بتكرهيني.

عائشة: للأسف الحقيقة إني حاولت إني أحبك لكن مكُنتش بحس إن العلاقة طبيعية أبدًا بين أي أم وبنتها، حاولت مكرهكيش لكن غصب عني، كل مرة كنتِ بتجبريني أكرهك بأفعالك.

والدة عائشة ويبدو أنها انهارت تمامًا: مكنش غلطي لوحدي، حرام تظلميني وتحُطي الحق عليّا في كل حاجة.

عائشة: أيوه منكرش إن أبويا غلط وإنه سبب من ضمن الأسباب اللي خليتك تضعفي ومترجعيش عن الطريق ده لسنين، سنين وأنا

ساكتة وبتعذب وحتى لما واجهتك محستيش بيا ولا بوجعي وكمّلتِ وكأني معرفتش وموقفك تجاهي!

والدة عائشة: أبوكِ منه لله.

عائشة: حتى أنا بقيت أم وحتى لو انفصلت زيّ ما حصل معاكِ لكام سنة وعارفة إنه غلطان؛ لكن عُمري ما أخلي ابني يكرَه أبوه حتى لو أبوه وحش، عُمري ما أزرع جواه أفكار سلبية وأعيشُه في حُزن وأخليه يطلع بني آدم مش سوي.

والدة عائشة: أنا شيلت حِمل تقيل أوي محدش يقدر عليه، كل اللي حواليا اتخلوا عني، مكنش ليا غيركم وكنت أقدر بسهولة أسيبكم وأمشي.

عائشة: هنا مُشكلتك؛ إنك بتذكُري دايمًا أفضالك اللي محدش فينا نسيها ولا أنكرها وكأنك قاصدة كل شوية تحسسينا بنُقطة ضعفنا وتضغطي علينا.

والدة عائشة: كنت بخاف عليكم.

عائشة: بتخافي علينا! تعرفي إني حاولت أنتحر أكتر من مرة ولمَّا عرفتِ عملتِ إيه؟ حاولتِ تشوفي فين الغلط أو النقص النفسي وتصلحيه، مرة خدتيني في حُضنك وطبطبتِ عليّا؟!

والدة عائشة: أنا كنت أب وأم.

عائشة: ياريت كان حُبنا ليكِ أكتر من خوفنا منك، حتى أخويا التوأم بسببك خسرته..

ساد الصمت التام لبرهة ثُم خرجت عائشة من الغرفة تركض وتبكي ولكن في الوقت ذاته شعرت أنَّ جبلًا أُزيح عن صدرها، وأنها ولو أول مرة لم تكُن جبانة وضعيفة، وأخيرًا بعد كل تِلكَ السنوات تحررت من خوفها.

وأخذت تُحدث نفسها: مش قادرة أتخيل إني كنت بدعي عليها أحيانًا وبتمنى متبقاش موجودة، عذرتها كتير وقولت إحنا سبع أولاد والحِمل فعلاً تقيل عليها لما جربت أحُط نفسي مكانها، لمَّا بسببها اضطريت أروح لمُعالِج نفسي، مش زيّ ما هي كانت بتمشي ورا الدجالين اللي بيضحكوا عليها، كنت بقول يمكن لأنها مخدتش قدر كافي من التعليم والثقافة لكن فيه ربنا وخوفها منه المفروض يكون أكبر من أي شيء، هي كانت المفروض تكون مثلي الأعلى وقدوتي اللي أفتخر بيها.

الأم في حالة صدمة وغير مُصدقة أنَّ تِلكَ هي عائشة ابنتها الكُبرى العاقلة الهادئة الرقيقة والحنونة.

ليس كُل ما يبدو دائمًا حقيقة، لا تحكموا على إنسان يبدو بكامل هدوئه وثباته وهو يُخفي داخله حُزن عميق، تُساعد الجميع وتُداوي جروحهم وداخلها مُحطم بالكامل، حفرت بداخلها سر عميق وأقسمت ألّا تبوح به ولا حتى لطبيبها النفسي الذي عانى معها بسبب كتمانها الزائد وخوفها، ونوبات الصرع التي كانت تُصيبها من حينٍ إلى أخر دون أن يرى أو يشعُر بها أحد، أصابها اكتئاب حاد ولم يكُن معها أحد، وبعدما رحل أخوها وتركهم وكل ذلك بسبب أفعال والدتها، كانت تعيش في صراع دائم وحرب مُستمرة بين الصواب والخطأ والحلال والحرام بعدما تسببت والدتها في خلط الأمور وصنعت لديها تشتت وشوّهت عقلها ومبادئها حتى أنها ندمت على استكمال تعليمها، ليس دائمًا الظاهر هو الحقيقة كما يبدو.

استجمعت عائشة قواها واتصلت بيوسف تطلب منه أن يأتي لأنها لن تستطيع أن تبقى في منزل أهلها أكثر من ذلك وإلّا ستختنق.

عائشة: ازيك يا يوسف؟

يوسف: الله يسلمك، عاملة إيه وابننا كويس؟

عائشة: الحمد لله كويسين.

يوسف: خير يا عائشة؟

عائشة: لو سمحت ممكن تيجي عايزة أتكلم معاك.

يوسف: حاضر.

وبعد مرور يومين أتى يوسف والأجواء في منزل أهل عائشة تبدو مُضطربة.

يوسف: السلام عليكم، ازيك يا عمي؟

والد عائشة: وعليكم السلام، الله يسلمك يا يوسف تعالى.

يوسف: ازيك يا حماتي؟

والدة عائشة: الله يسلمك.

يوسف وقد لاحظ نبرتها الحزينة وشكلها الشاحب: اومال فين عائشة؟

والد عائشة: في أوضتها يا ابني.

يوسف: أستأذن منكم أدخل أكلمها.

والد عائشة: اتفضل.

دخل الغرفة وعندما رأته انتفضت وهرعت إليه تُعانقه وتبكي.

يوسف: اهدي يا حبيبتي، إيه اللي حصل.

عائشة: أنا هقولك على كل حاجة.

يوسف: لو مش قادرة تتكلمي بلاش دلوقتي.

عائشة: لا، هقولك.

يوسف: طيب أنا سامعك.

عائشة: أنا فعلاً كنت بكلم حد لكن مش غريب عني وفي نفس الوقت أجنبي عني وبالتالي هو من محارمي.

يوسف: أنا مش فاهم حاجة ومين ده اللي تقصديه؟

عائشة: أخويا التوأم يا يوسف.

أصبح يوسف في حالة صدمة

يوسف: أخوكِ إزاي؟ وليه أنا معرفوش؟

عائشة: لأنه سافر وسابنا من أكتر من خمس سنين ومحدش يعرف مكانه ولا كلِّم حد فينا وأنا كنت مجبورة ومُضطرة أخبي وكمان مكلموش أبدًا.

يوسف: بس أنا جوزك وأبو ابنك إزاي تخبي عليّا؟

عائشة: غصب عني والله، عُمر أخويا كان أغلى وأقرب إنسان ليا، ولمَّا عرف من بعيد إني اتجوزت لقيته بيكلمني يطمن عليّا وأنا مكنتش مصدقة وخوفت أخسرُه تاني علشان كده خبّيت.

يوسف: إحنا بيتنا اللي كان هيتخرب، ليه خبّيتِ؟!

عائشة: مقدرش أقولك السبب دلوقتي.

يوسف: ليه؟!

عائشة: لأن.. وبعدين أنت إزاي تثُك فيا؟!

يوسف: أي حد مكاني كان هيعمل كده.

عائشة: كنت أتوقع أيّ حد إلّا أنت يا يوسف.

يوسف: لأني بحبك.

عائشة: الحُب لوحده مش كفاية، إزاي تثُك في خوفي من ربنا وفي إني ممكن مصونش شرفي وشرفك؟!

يوسف: صدقيني غصب عني، حقك عليّا.

عائشة: حتى أنا كمان آسفة إني اضطريتك توصل للمرحلة دي.

قبّل رأسها وعانقها وقرر أخذها إلى منزلها بعد توضيح سوء الفَهم بينهما.

وفجأة رن هاتف عائشة

نورهان: ازيك يا حبيبتي، طمنيني عنك؟

عائشة: الله يسلمك يا نور، وحشتيني أوي.

نورهان: حتى أنتِ كمان، وأخبار حبيب خالته إيه؟

عائشة: الحمد لله كويس بس مغلّبني وتاعبني شوية.

نورهان: كل الأطفال كده يا عائش، ربنا يقويكِ يا حبيبتي.

عائشة: اللهم آمين، ادعيلي يا نور الفترة دي صعبة شوية.

نورهان: حاضر يا حبيبتي، خير بإذن الله، كله هيعدي.

عائشة: يا رب.

نورهان: المهم بقا إنك لازم تيجي خطوبتي.

عائشة: وأخيرًا، اومال فين شعارات السنجلة بتاعتك!

نورهان: ما خلاص بقا ودّعتها، وهيكون ليا قُرة عين بإذن الله.

عائشة: قُرة عين مرة واحدة! ده أنتِ تطورتِ على الآخر وشكلك وقعتِ كمان.

نورهان: والله يا حبيبتي ده جواز مصونات وأنا صليت استخارة ولقيت نفسي مرتاحة وربنا يقدم اللي فيه الخير.

عائشة: طيب الخطوبة إمتى علشان أقول ليوسف؟

نورهان: الأسبوع الجاي بإذن الله.

عائشة: تمام يا حبيبتي، ربنا يسعدك.

نورهان: يا رب وإيّاكِ.

عائشة: مع السلامة يا حبيبتي.

نورهان: مع السلامة.

وفجأة أتى يوسف مُهرولًا ويبدو عليه التوتر

عائشة: في إيه يا يوسف، مالك؟

يوسف: والدتك تَعبانة شوية وفي المستشفى.

صُدمت عائشة وكادت أنْ تسقُط وقالت بصوت خافت: أنا السبب!

يوسف: أنتِ السبب إزاي؟

عائشة: لازم ننزل مصر دلوقتي.

يوسف: حاضر بس اهدي شوية يا حبيبتي أنا معاكِ متقلقيش، هتكون كويسة بإذن الله.

سافر يوسف وعائشة إلى قرية بني رضوان بمحافظة بني سويف حيث يُقيم أهلها، وفورًا ذهبا إلى المستشفى.

عائشة بلهفة وخوف: أنتِ كويسة؟

والدة عائشة: الحمد لله.

عائشة: حقك عليّا، اللي حصل ده بسببي صح؟

والدة عائشة: لا يا حبيبتي، ده قدري ونصيبي.

خرجت عائشة ودموعها على وشك الهطول فاحتضنها يوسف يُخفف عنها، وخشيت أنْ يسألها عمّا قالته أنها السبب فيما وصلت إليه والدتها..

عائشة: أنا تَعبانة أوي، حاسة قلبي بيتقطع.

يوسف: زعلانة على والدتك ولا زعلانة منها؟

بدا على وجهها الدهشة وقالت: الاتنين.

يوسف: طيب بدون دخول في تفاصيل لأن مش مهم بالنسبالي أعرف إلّا إذا أنتِ حبّيتِ تتكلمي، هتقدري تسامحيها؟

عائشة: مش قادرة يا يوسف.

يوسف: أنتِ قلبك طيب وأكيد هتقدّري أيّ ظروف مرّت بيها.

عائشة: أنا مش عايزة أسامحها لأنها تستاهل أو لا، ولا لأني قلبي طيب، أنا تعبت سنين وعايزة أرتاح.

وفجأة ظهر شخص مُجرد أن لمحته عائشة حتى قامت مُسرعة باتجاهه تحتضنه، ويوسف في حالة دهشة.

عائشة: أنت كنت فين، طمني عليك!

عُمر: ده موضوع طويل هبقى أحكيلك..

عائشة: ده عُمر أخويا يا يوسف.

يوسف: أهلاً وسهلاً، ازيك يا عُمر؟

عُمر: الحمد لله، أنت يوسف؟

يوسف: أيوه وأنت خال ابني.

عُمر: هي فين؟

عائشة: في العناية، هتقدر تواجهها؟

عُمر: عدّى وقت طويل ولحد إمتى هفضل أهرب؟ أظن حقي بقا أرجع أعيش هنا.

عائشة: كلنا محتاجينلك هنا.

دخل عُمر ليرى والدته وما إن رأته حتى بدت عليها الدهشة وقالت: عُمر!

عُمر: أيوه أنا، برغم كل السنين دي لكن لسه مش قادر أحس تجاهك بالحُب!

الأم: رجعت إزاي وليه؟!

عُمر: رجعت علشان لسه عندي ثقة إن فيه ناس هنا بيحبوني، ناس أنتِ حرمتيني منهم وحرمتيهم مني.

الأم: أنا آسفة.

عُمر: هيفيد بإيه أسفك؟! أنا مش جاي هنا علشان أصلّح حاجة أنتِ من الأساس دمّرتيها.

الأم: اومال جيت ليه، تشمت!

عُمر: لأ موصلتش لكده؛ لكن يمكن لأني فُقت وحسيت بواجبي اللي لازم أعمله تجاهك حتى لو أنتِ قصّرتِ.

كانت على وشك أن تبكي وكذلك عُمر فخرج من الغرفة سريعًا..

عُمر: معقول بعد السنين دي كلها لسه متغيرتيش!

سمعته عائشة فقالت: لازم نسامح علشان نقدر نعيش؛ لأن ده يؤذينا.

لم يرد ثم تركها وذهب.

نحنُ بحاجة إلى خارطة أو دليل لِيُرشدنا لأنه حتى وإن بدأنا المسيرة بالصواب فلا نضمن ألّا نُضل الطريق فنحتاج إلى ما يُرشدنا، ماذا كُنا نفعل بدون القرآن؟

نعم، رُبما هلكنا حتى دون أن نُحاول التمييز والفهم، التشوش وسوء الفهم، حتى دون أن نُفكر، فحتى عندما قال الله للرسول في سورة طه "ما أنزلنا عليك القرآن لِتشقى" وهل في القرآن وحمله شقاء على النبي؟ بل هو مسؤولية ورسالة وجب تبليغها على الوجه الأكمل فلا يُحمل على عاتقه مثل هذه المهمة إلّا رجُلٌ اصطفاه الله وأحسن تهذيبه وتربيته فكان لا بُد أن يكون على خُلقٍ عظيم؛ ليس بساحرٍ ولا مجنون، القرآن ليس مُجرد أداة تُساعدنا بل هو مُعجزة تضم الحاضر للتفكُر والتدبر والماضي للعبرة والتعلُم لا لأن نُسجن فيه إلى أن نُجن فلا نستطيع الخروج لمواجهة الحاضر وكل ذلك نربطه بالمُستقبل الذي لم يأتِ بعد، والعقل تتسع حدوده ليضم الثلاث أزمنة وليتحكم بها لا أن تتحكم هي به، والدلائل والأمثلة كثيرة، وعندما يقع ما كُنا نتجاهل أو نحذر أقررنا به!

وليس هذا فحسب؛ بل إنه دستور قد نظَّم العلاقات الإنسانية كافة، وجعل البداية في السَكينة لأن محلها القلب وهو مركز الضعف والقوة في الوقت ذاته لدى الإنسان..

حتى فوات الأوان نُصرّ على شيء ونعلم شيئاً أخر، حتى إذا وزنت أعمالك فإنك لا تثق بأنك لن تبخث الميزان، فليس من المنطق أن نقف في منتصف الأشياء ولا بُد كما أن هناك بداية هُناك أيضًا نهاية حتى وإن وقعنا في المنتصف، قبلنا سكنها الجن فخربوها وسفكوا الدماء وقبل خلقنا كانت الملائكة ثم نحن، ومن ثَّم هناك نهاية لكل هذا.

عائشة: مالك يا عُمر؟

عُمر: مفيش بس أنتِ شايفة الظروف اللي إحنا فيها.

73

عائشة: غير الظروف؛ أنا عارفاك كويس، فيه حاجة تانية أنت مخبيها.

عُمر: مفيش يا عائشة.

عائشة: أرجوك بلاش تشيل الهم لوحدك، احكيلي.

عُمر: حزين على وفاة مراتي.

عائشة بصدمة: أنت اتجوزت!

قبل بضعة أشهُر، في مُحافظة الإسكندرية.

عُمر: أظن كده صبرنا كتير ولّا إيه؟

أروى: وبعدين يا عُمر رأي بابا فوق كل شيء.

عمر: ده كأنه قاصد يعذبني، عايز أكتب الكتاب يا ناس.

أروى ضحكت: طيب اقنع بابا.

عمر: أنا عارف إني مقصر معاكم من ناحية عيلتي؛ لكن أنا اعتبرتكم أهلي.

أروى: ولا يهمك أنا عارفة ده كويس ومُقدرة، إحنا أهلك.

عمر: حيث كده بقا لازم عمي تصعب عليه حالتي ويوافق حتى نكتب الكتاب بس.

أروى: فاكر أول مرة اتقابلنا؟

عُمر: بصراحة مش أوي فكريني.

أروى: تصدق إنك رخم؟

عمر: كان يوم حُبك أجمل صُدفة.

أروى: أقدارنا كلها بيد الله وهو اللي جمعنا من غير معاد.

عمر: ونعم بالله.

والد أروى: أنا مش عارف أنت مستعجل على إيه!

عمر: مش كفاية بقالنا ست شهور مخطوبين أهو يا عمي.

والد أروى: ولأنك في غلاوة أروى بنتي قررت أوافق على كتب الكتاب.

عمر: خلاص يبقى بُكرة بإذن الله.

"بارك الله لكما وبارك عليكما وجمع بينكما في خير"

عمر: أخيرًا، ألف مبروك يا حبيبتي.

أروى: الله يبارك فيك يا حبيبي.

عمر: قُولتِ يا حبيبي! الله أكبر.

أروى ضحكت: خلاص بقا متكسفنيش.

عمر: إيه رأيك نخرج نشم هوا أو حتى ناكل برا؟

أروى: ماشي بس استأذن بابا الأول.

عمر: هو إحنا لسه مخطوبين ولّا إيه! بس ماشي لازم برضو إذن الحج يا زوجتي العزيزة.

أروى فتاة جميلة بيضاء البشرة، متوسطة الطول، ترتدي الخِمار وتحرص دائمًا على رضا ربها في حياتها.

عمر شاب طويل ذو بشرة قمحاوية وعينين بُنيتين.

ذهبا وجلسا في مكان هادئ وفي أحضان الطبيعة

أروى: أقولك سر؟

عمر: ده نهار الهنا، قولي.

أروى: بحب ريحة البرفيوم بتاعتك وكمان بالنسبالي هي مميزة ولو على بُعد كام متر بينا بقدر أعرفها كويس.

عمر: أووووه أيوه كده صارحيني.

أروى ضحكت: خلاص بقا.

عمر: تحبي تاكلي إيه؟

أروى: أنت عارف أكتر حاجات بحبها.

عمر: يا بخت بحر إسكندرية إنك ماشية عليه، يلا بينا.

أروى: عايزة أيس كريم.

عمر: متجوز طفلة يا ناس!

أروى: مش عاجبك ولَّا إيه!

عمر: عاجبني ونص طبعًا.. أجمل طفلة.

أروى: يلا ناكل دُرة مشوي وبطاطا كمان.

عمر: من عنيا يا حبيبتي.

أروى: تعرف إني بحب ريحة البحر والبطاطا المشوية والدُرة وأنت.

عمر: أنتِ قولتِ إيه؟

أروى: احم ولا حاجة كنت بسألك وأنت بتحب إيه؟

عمر: أولًا أنتِ عارفة أنا بحب إيه كويس، وثانيًا لهجتك مكنتش فيها سؤال.

أروى: وبعدين يا عمر بقا، دايمًا بتكسفني كده!

عمر: مفيش بينا الكسوف والكلام الفاضي ده، الفرح بعد شهر إن شاء الله.

أروى: إن شاء الله.

عمر غمز بعينيه: أحبك وأنت خجول كده.

أروى: أرجو إنك متندمش في يوم على اختيارك ونقدر نسعد بعض.

عمر: أبدًا؛ ده أنتِ تعويض كبير أوي عليّا من ربنا.

أروى: طيب مش المفروض تقوم بواجبك تجاهه وتشكره على نعمه عليك، ده أقل شيء يعني.

عمر: يلا علشان نروَّح لأن الوقت اتأخر وممكن الحاج يعاند معانا.

وبعد شهر تزوجا وكانا أجمل ما يكون في تلك الليلة وتغمرهما سعادة عارمة.

عمر: الجَميل أخباره إيه؟

أروى: الحمد لله، حاسة إني عايزة أشرب عصير قصب.

عمر: أول مرة أشوف واحدة بتتوحم على عصير قصب.

أروى: وهات ليمون بالنعناع كمان.

عمر: أنتِ تؤمري يا حبيبتي، المهم الولد أو البنت يطلعوا حلوين زيي.

أروى: هيطلعوا لأمهم طبعًا.

عمر: ماشي يا أم العيال.

ضحكا معًا وبعد مرور الشهر الثالث شعرت أروى بتعب شديد فقررت أن تنام وتستريح ولكنها اتصلت بعُمر فأتى مُسرعًا.

عمر: مالك يا حبيبتي؟

أروى: حاسة إني تَعبانة شوية بس متقلقش ده طبيعي.

عمر: طيب قومي نروح المستشفى أو حتى للدكتورة.

أروى: مفيش داعي يا حبيبي بس أنا عايزة أتكلم معاك شوية.

عمر: اتكلمي أنا معاكِ.

أروى: عارف قاعدة إن اتنين يكون واحد منهم أكتر التزام من التاني ويتجوزوا علشان حد منهم يشد التاني لفوق؟

عمر: أيوه.

أروى: أنا كنت ضد القاعدة دي، ويمكن ولا مرة طلبت منك تنتظم في الصلاة ولا اتكلمنا في الموضوع ده علشان كل مرة بتهرب.

عمر: طيب أنا سامعك المرة دي.

أروى: أنا خايفة.

عمر: من إيه يا حبيبتي؟

أروى: خايفة عليك، محدش ضامن هو رايح فين ولا حتى عارفين إيه اللي مستنينا بعد الموت.

عمر: ليه سيرة الموت دلوقتي؟!

أروى: لأن دي الحقيقة اللي بنهرب منها وتاخدنا الدنيا يا عمر، أنا خايفة مَنتقابلش هناك.

عمر: أنا عايزك تكوني زوجتي في الدنيا والآخرة كمان.

أروى: يبقى لازم تأدي فرضك وتقرب لربنا لأن لأن هو اللي دايمًا معاك، ناس بتروح وتيجي وهو الأرحم عليك من أمك وأبوك.

عمر: أنتِ عارفة أنا عانيت قد إيه في حياتي..

أروى: عارفة؛ لكن ولا مرة سابك ودايمًا لطيف بيك رغم تقصيرك.

عمر: أنا حاولت.

أروى: المحاولة تُحسبلك وهتؤجر عليها؛ لكن تخيّل إننا نضيع وصايا الرسول اللي أهمهم الصلاة!

عمر: إن شاء الله هلتزم علشانك وعلشان ابننا.

أروى: لا، أنت لازم تعمل كده علشان نفسك.

عمر: حاضر يا حبيبتي.

أروى: عندي طلب أخير.

عمر: اؤمري يا حبيبتي.

أروى: خلي بالك من نفسك واوعى تنساني.

عمر: أنتِ ليه بتتكلمي كده وكأنك بتودعيني!

أروى: أنا عايزاك تفتكر سيدنا أيوب وصحيح إحنا بشر، ويمكن منقدرش نوصل لدرجة الصبر دي؛ لكن افتكر إن المؤمن مُبتلىٰ، وأكيد ربنا بيحبك.

عمر: عارف يا حبيبتي بس بلاش السيرة دي أرجوكِ، أنا مش هتحمل أخسرك.

أروى: لا يُكلف الله نفسًا إلّا وسعها.

عمر: ونِعم بالله.

أروى: قوم يلّا اتوضى وصلّي.

وبعدما قام وأنهى صلاته ظنها نامت، فتركها تستريح.

وبعد فترة لاحظ أنها أطالت في النوم فحاول إيقاظها فلم تقم وكانت تِلكَ المرة الأخيرة لها، انهار عمر في البُكاء وترجّاها ألّا تتركه وأخذ ينادي ويصرخ يا رب حتى أتى والدها وحاول تهدئته بثبات وما الصبر إلّا عند الصدمة الأولى.

عمر: حتى مسابتش لِيّا حتة منها.

والد أروى: ده قضاء ربنا يا ابني، ادعيلها بالرحمة.

بكتْ عائشة وحزنت على حال أخيها واحتضنته وبكى هو الأخر..

دخل آدم ليستحم وفجأة انقطعت الكهرباء فوجد نفسه يخرج مُسرعًا لمّا رأى ضوءًا خافتًا غريبًا فإذا بها إيلينا تقول له: لسه الرحلة طويلة يا آدم، خلي بالك من نفسك، إياك تستسلم.

ثم اختفت وعادت الكهرباء مرة أخرى.

فتعجب آدم مما رأى وسمع ولم يفهم شيئًا ثم بعد عدة أيام رأى آدم حُلمًا أنه في مكان عجيب كثيف الأشجار وكأنه مهجور كُتب على حجر ضخم بعض الحروف

(ث - د - ي - ر - و - ل) ولم يفهم شيئًا منها.

استيقظ وبداخله خوف لا يعلم سببه فقرر أن يتواصل مرة أخرى مع الدكتور مُعاذ وهو يُقلب قدرًا في هاتفه وجد منشورًا من نورهان أمين يقول "رُبما يُرسل الله لك بعض الإشارات لِيدلك على الطريق الصحيح فلا تتجاهلها" فشعر وكأن الرسالة كُتبت له واتصل بالدكتور مُعاذ..

آدم: ازيك يا دكتور؟

مُعاذ: الله يسلمك، مين معايا؟

آدم: أنا آدم، كنت مريض عند والدك الله يرحمه وبعدها كنت مريض عندك.

مُعاذ: أيوه افتكرت، أنت اختفيت فجأة!

آدم: معلش شوية ظروف؛ لكن أنا حالياً محتاج مساعدتك.

معاذ: مفيش مُشكلة، تقدر تيجي العيادة بس احجز معاد قبلها.

آدم: تمام، بشكُرك.

عائشة: إيه المنشورات العميقة دي يا ست نور!

نورهان: بعض ما عندكم.

فضحكتا ثم سكتتا برهة فقالت نورهان: مالك يا عائشة؟

عائشة: مش حاسة إني بخير؛ يمكن بسبب تعب والدتي.

نورهان: شفاها الله وعافاها، رب الخير لا يأتي إلا بالخير.

عائشة: ونعم بالله.

نورهان: فُكي بقا كده.

عائشة: حاضر، بس كنتِ قمر إمبارح في الخطوبة اللهم بارك.

نورهان: عيونك الحلوين.

عائشة: عقبال الفرح، ربنا يتمملك على خير.

نورهان: يا رب يا حبيبتي.

عائشة: أهم شيء اوعي تنسي ضوابط الخطوبة.

نورهان: أكيد طبعاً يا حبيبتي.

عُائشة: يلا خلي بالك من نفسك.

نورهان: وأنتِ كمان.

قابل آدم الطبيب مُعاذ وقصّ عليه ما حدث وظلا يُفكران..

مُعاذ: أنت فاكر الحروف دي؟

آدم: أيوه أظن كده.

مُعاذ: طيب اكتبها.

كتبها آدم وظل يُفكر مُعاذ في سر تِلكَ الحروف حتى توصل إلى ترتيبها من اليسار إلى اليمين فكون كلمة (لوريدث) وتعني عالَم الأموات باللاتينية، فشعر آدم أن تخوفاته ربما تتحقق وقَلِق بشأن ذلك.

تركه آدم وظل في حيرة من أمره حتى التقى بصديقه ليل

ليل: إيه يا عم آدم، يعني أنا لو مسألتش متسألش أنت!

آدم: معلش حقك عليّا بس مشغول شوية الفترة دي.

ليل: طيب عُذرك معاك، بس لازم نتقابل تاني.

آدم: تمام اتفقنا.

ثم ذهب آدم إلى المنزل ونام ورأى نفس المكان ولكن هذه المرة معه ليل ورؤى أخت ليل في الرضاعة ولمَّا استيقظ لم يفهم شيئًا وما علاقتهما بذلك المكان، فاتصل بِلَيل على الفور وطلب منه أن يتقابلا.

آدم: أنا شوفت حِلم غريب، أنا بقالي فترة بشوف حاجات غريبة أصلاً بس المرة دي حلمت بيك.

ليل: حتى أنا كمان حلمت بيك.

آدم بدهشة: حلمت بإيه؟

ليل: كنا في مكان مليان أشجار بس شكله يخوف وكان معايا أروى أختي وكنا تقريباً بنحارب حاجة.

آدم: أنا شوفت نفس الحِلم ده.

ليل: معقول!

وبعدها بدقائق وجد رقم غريب يتصل به فأجاب فإذا بها رؤى تقص عليه أنها رأت نفس الحُلم.

آدم: مالك؟!

ليل: دي رؤى أختي بتقول إنها شافت نفس الحِلم.

آدم: كده الموضوع غريب، ممكن تيجي معايا للدكتور مُعاذ؟

ليل: مين الدكتور مُعاذ ده؟

آدم: هو طبيب نفسي.

ليل: آه، طيب وده هيساعدنا إزاي؟ هيفسر الحِلم!

آدم: معرفش بس كل شيء جايز.

أتدرين يا سارة كم أنَّ الماضي مُرهق جدًّا وأحيانًا يُلاحقنا كالشبح!

إنه يُلاحقني وحتى إنه يخنقني كثيرًا ولكن قلبي يطمئن عندما يسمع رد موسى على فرعون عندما سأله " فما بالُ القُرون الأولى قال عِلمُها عند ربي في كتاب لا يضل ربي ولا ينسى" فأي كبيرة أو صغيرة مضت ونسيناها فإنَّ الله لا ينساها، وتعلم كم آلمتك وما زالت تؤلمك حتى الآن، حتى ألم الشوكة نُؤجَر عليه.

أحياناً أتساءل كيف كان شعور موسى عليه السلام عندما شكى لربه خوفه فأجابه مرة بأنه معه يسمعه ويراه ولا يوجد أمان أكثر من ذلك الأُنس، ومرة بأن الله لا يخاف لديه المُرسَلون لِيمده بالعزة

والقوة ليشعر بمكانته العظيمة، وكيف كان شعوره حينما طلب أنْ يرى الله فنظر الله إلى الجبل فلم يتحمل وخرَّ موسى صعقًا، وكما قُلت أنَّ شعور الأمان لا يُقدر بثمن فكيف كان شعور إبراهيم عندما سأل الله أنْ يُريه كيف يُحيي الموتى فأجابه الله "أولمْ تؤمن قال بلىٰ ولكن ليطمئن قلبي"

أكتبُ إليكِ الآن وأنا في شتاتٍ من أمري، أشعر بالضياع وفي الوقت ذاته بالخزي والعار لِعدم قدرتي على تحقيق عزة الدين الذي أنتمي إليه بتأدية أقل فرض مجهودًا وأعظم فرض مكانةً فهو أهم ما يُميزنا عن سوانا.

أنهت نورهان رسالتها التي بعثت بها إلى سارة صديقتها التي تعرفت عليها عبر الإنترنت وهي فتاة في عقدها الثاني تدرس بالأزهر الشريف، والحق أنَّ الحياة لا تسوى شيئًا بدون الصُحبة الصالحة التي تُعيننا على الدنيا وتؤنسنا فيها، وفي النهاية يكونوا رفقاءنا في الآخرة في الجنة.

أجابت سارة على رسالة نور بعد مدة قصيرة

سارة: احكيلي انتكستِ إزاي؟

نورهان: في الأول كنت بصراحة بحسد الناس المُلتزمة في الصلاة بالذات لكن حسد محمود وغيرة بتمنى أكون زيهم.

سارة: وبعدين؟

نورهان: وبعدين فكرت نفسي بقيت تمام وأنا بقالي كذا سنة أصلاً ملتزمة إلى حد كبير الحمد لله، ولدرجة إن البعض بقا ياخدني قدوة له.

سارة: إحنا بشر يا حبيبتي ومهما نعمل مش بنوصل لمرحلة الكمال في العبادة ومش عيب إن البعض ياخدنا قدوة حسنة له، وعادي نغلط وننتكس لأننا بشر.

نورهان: أنا حالي مش عاجبني خالص.

سارة: كويس إنك حاسة بالذنب لأن كده ضميرك صاحي.

نورهان: أنا مبقتش بصلي خالص يا سارة.

سارة: الموضوع حصل فجأة؟

نورهان: لا، يمكن بالتدريج بقيت في الأول بقطع كتير وأكسل وأسيب السُنن وحتى صلاة الفجر مش في معادها وبعدها بطلت خالص.

سارة: طيب أنا معاكِ وهترجعي تلتزمي تاني بإذن الله.

نورهان: خايفة أحس بلامُبالاة والموضوع مع الوقت يزيد ويبقى بالنسبالي عادي.

سارة: لا، إن شاء الله مش هيحصل، طيب وعلاقتك مع القرآن إيه؟

نورهان: مش مُلتزمة برضو على وِردي ولا بقيت بحفظ زي الأول.

سارة: أنتِ لازم تجددي إيمانك وعهدك مع الله، وهبعتلك كام لينك لشيوخ وداعية إسلامية كويسين، أنتِ محتاجة حد يكلمك عن الصلاة بشكل تاني ويذكرك بفضلها وبعقاب تاركها.

نورهان: أنا بترعب مُجرد ما أفكر إن تارك الصلاة العلماء اختلفوا في أمره بين منافق أو كافر بترعب.

سارة: طيب وده تفكير كويس إذا استغلينا خوفنا ده بشكل صح.

نورهان: وفكرة إن اللي مش بيصلي ده بيكون ربنا هو اللي مش عايزه؛ يعني مش بيصلي بمزاجه وربنا هو اللي بيكون مش عايزه!

سارة: باب التوبة دايمًا مفتوح وربنا لا يُغلق بابه أبدًا واللي بيتقرب ليه شِبر بيتقرب ليه ذراع..

نورهان: واثقة في رحمة وكرم ربنا.

اليوم الأول بدون صلاة وخاصةً عند أولئك الذين يدركون معناها وأنها فقط ليست مُجرد عهد ودليل على تمام الرُكن الثاني الأعظم بل هي الحياة وهُناك فرق بين أن تعيش وأن تحيا فقال "معيشةً ضنكًا" وقال "لا يموتُ فيها ولا يحيا" وهذا العذاب الحقيقي حتى تكون مُعلق فلا أنت بالميت ولا أنت بالحي؛ وقال تعالى أيضاً "فَلَنُحيينه حياةً طيبةً" فتسرب المرض بالتدريج وتشعُر بأعراضه ورُبما لا تنتبه لها لكثرة المشاغل والهموم والحق أنَّ همك الأكبر لا يُفترض أن يكون الدنيا، وسر زوال كل الهموم هو القرب منه فقط، فلا مفعول للدُعاء وأنت واقف على الباب، ادخل واسجد واقترب.

نحنُ مُخيرون في اختيار الطريق الذي سنسلكه وفي العالَم الذي ننتمي إليه حتى وإن كان هذا القدر وكل ذلك قد كُتب ورُفعت الأقلام وجفّت الصُحف؛ إذن لِمَ خُلِقنا وما الغاية من ذلك؟ ما خلَقنا الله إلا لنعبُده وهو الغني ونحن الفقراء أي نحن مَن بحاجته دائمًا، إذن لِمَ وهبنا العقل؟ لنستخدمه في إعمار أنفسنا وبالتالي إعمار الكون..

سارة: احكيلي حسيتِ بإيه من وقتها؟

نورهان: أول يوم كنت حاسة إن ناقصني شيء؛ يعني باكُل وبشرب وبنام وبضحك وبعمل كل حاجة روتينية بس حاسة دائمًا إن ناقصني حاجة.

سارة: كملي، وبعدين؟

نورهان: تاني يوم حسيت إني تايهة وضايعة بس مش عارفة ليه، بييجي عليّا وقت الفجر وأنا نايمة وأحيانًا بسمعه وأكسل أقوم.

سارة: وضميرك؟ مش بيكلمك ويقولك قومي؟

نورهان: فيه حرب ساعتها بتقوم في عقلي بس الشيطان للأسف بيضحك عليّا.

سارة: وبعدين؟

نورهان: وقت صلاة الضهر بيضيع في شغل البيت أي حاجة تافهة وأصلاً مفيش بركة في الوقت ولا الرزق.

سارة: كويس إنك حاسة بالفرق وبكل ده؛ يعني دي إشارة كويسة وخطوة لازم تاخديها علشان تظبطي حياتك ولكن الخطوة دي محتاجة شجاعة وإرادة؛ لأن مش سهل تغلبي نفسك فلازم تفضلي تجاهدي، وشيطانك أصلاً كيده ضعيف.

صحيح أنَّ الصلاة تنهى عن الفحشاء والمُنكَر والقول بأن مَنْ لا تنهاه صلاته عن الفحشاء والمُنكَر فلا صلاة له معناه إن مفعول الصلاة مش شغال لأن مهما عملنا هنرتكب ذنوب لأننا بشر أما كبائر الذنوب هي المحظورة مثل شُرب الخمر أو الزنا، والحق في الصلاة أنها تخفيف للذنوب وكأن قلوبنا يصيبها الصدأ وتحتاج أن ننظفها كل فترة؛ فالوضوء يغسلنا من الذنوب وكذلك في موضع السجود تتساقط الذنوب؛ فالمداومة على الصلاة مع الوقت سنشعر بلذَّتها عندما ندرك حقيقة أنها أفعال وليست مجرد حركات وفرض نؤديه؛ بل مع الوقت سنتوقف عن ارتكاب الذنوب بفضل الله وبفعلنا كل ما نقول في الصلاة وتطبيقه..

ليس عيبًا أن نجد أنفسنا أحياناً تائهين ولا نعرف السبب أو حتى أن السبب يكون واضح ولكن الطريق تشوبه غيوم أو من الممكن أن نتجاهل أو نكذب على أنفسنا ومع الوقت يمر العمر ونشعُر بالندم؛ ولكن الأهم ألّا يكون قد فات الأوان.

إنها كتاب موقوت على المؤمنين لأن درجة الإيمان أعظم ويأتي أعلاها الإحسان، الإيمان بالضعف والقوة والابتلاء، الإيمان بالحياة والموت، بالجنة والنار والانتكاس أيضًا وكل شيء يحتاج إلى درجة إيمان؛ ولكن متفاوتين في درجات إيماننا وأما عن الإسلام لا شك في أنه أكبر نعمة ولكن الكثير يستطيع أن يكون مُسلمًا وليس الجميع يتصف بصفات المؤمنين، والحق أنَّ جميعنا مقصرون أمام لُطف الله ورحمته.

بعد مرور أربعين يومًا..

سارة: ازيك يا نور؟

نورهان: الحمد لله بخير، في نعمة أنتِ أخبارك إيه؟

سارة: الحمد لله في زحام من النعم.

نورهان: أنا فخورة بنفسي الحمد لله إني رجعت التزمت تاني في الصلاة، حاسة إن حياتي بل روحي رجعتلي.

سارة: الحمد لله، اللهم ارزقنا الثبات.

نورهان: آمين، شوفت حد ناشر بوست غريب ويوجع القلب، وحاسة إني شوفت الشخص ده قبل كده.

سارة: خير!

نورهان: واحد اسمه آدم ناشر على يومياته سؤال: معقول طلع فقد الأب أصعب من فقد الابن؟!

سارة: هو فعلاً غريب لكن في الاتنين ألم.

نورهان: مظننش إن فيه تفاوت في الألم.

سارة: هو ممكن يكون فقد الابن أعظم وأشد لأن هو بالنسبة لوالديه عبارة عن بذرة زرعوها وتعبوا فيها وأعطوها من عمرهم

وفي الآخر فجأة تموت! فَبيكون أصعب يعني تخيلي تعيشي تهتمي وتدي من روحك لشيء وفي الآخر يختفي ومتلحقيش تفرحي بيه! وصحيح الموت علينا حق ولا مفر منه وكلنا لله؛ لكن بيكون ابتلاء صعب.

نورهان: معاكِ حق، الله لا يُذيقنا الفقد أبدًا، ويرحم أبي وأمي ويغفر لهما.

سارة: آمين.

في منزل يوسف وعائشة

كان قد عاد من عمله مُتعبًا فوجدها قد جهزت الطعام وأعدّت عصير طازج وارتدت فستانًا أزرق جميل وأطلقت شعرها، وقامت بعمل أجواء هادئة ليسترخيا قليلًا بعد كل تِلكَ الاضطرابات في الفترة الأخيرة.

يوسف: إيه الجمال ده كله!

عائشة: ده أقل حاجة عندي.

يوسف: على كده بقا أنا هطمع.

عائشة: اطمع براحتك يا حبيبي هو أنا عندي أغلى منك؟

يوسف: آه طبعاً ابنك.

عائشة: أنتم الاتنين غاليين عليّا وتقريباً غلاوتكم غلاوتكم واحدة.

يوسف: طيب ممكن نقوم نصلي الأول لأجل ربنا يزيد البركة في حياتنا.

عائشة: يلا بينا.

وبعدما فرغا من أداء الصلاة قال لها: ممكن تعتبريني أبوكِ وأخوكِ وصديقكِ وحبيبك وكل حاجة ومتخبيش عني حاجة تزعلك ولا تشيلي في قلبك؟

عائشة: أنت فعلاً ابني وجوزي وحبيبي وصديقي وكل حاجة حلوة في دنيتي أنت.

احتضنها ثم مالت على كتفيه وكأنها تُلقي بهموم الدنيا التي أثقلت قلبها، ثم أخذ يُمشط لها شَعرها وهي في حالة اطمئنان وسَكينة.

الحياة لا تحلو دون مُشاركة ومؤازرة في الشدائد والمصائب قبل الأفراح والمسرّات، وهكذا هي لا تسير على وتيرة واحدة.

الحُب إذا لم يُتَرجَم إلى أفعال فَإنَّهُ يتحول إلى سراب بمرورِ الوقت، المُوازرة والمواساة الحقيقية ليست بالضرورة أن تكون في أوقات الضَنَك والشدائد فقط، بل إنها تكمُن في الشعور والمُشاركة للسعادة أيضًا فلا تشعُر أبدًا بأنَّك وحيد وقد أسلمت قَلبَك لِأحدهم فَتندم فيما بعد، رُبمَّا أنتَ بِحاجة دائمة إلى أن يُصلِح أحدهم ما خرَّبتهُ الظروف والصِعاب والحياة وأنتَ بِداخلك، تنساب دموع قلبكَ حسرةً على ما قدَّمت وخيبات الانتظار بعد أن عرفتَ النتيجة فَلا تعلم إذا كُنت تستطيع أن تَمضي في دربك مرة أُخرىٰ أم أن آخر ما تَبَّقى بِداخلك من فُتات قد تلاشىٰ!

الأم: يا رؤى، يا رؤى

رؤى: نعم يا ماما.

الأم: مردتيش من أول مرة ليه؟

رؤى: معلش مسمعتش.

الأم: إلهي ما تسمعي خالص، خدي الزبالة ارميها.

رؤى: حاضر بس الوقت اتأخر وفيه زحمة تحت وناس غريبة علشان فرح جارتنا.

الأم: هتترمي دلوقتي، ماليش فيه.. وبعدين مش مكسوفة من نفسك وأنتِ بتقولي فرح بنت الجيران وأنتِ محدش عبرك!

رؤى: ده نصيب.

الأم: أنتِ شايفة شكلك عامل إزاي!

رؤى: على فكرة أنا لسه صغيرة.

الأم: أنتِ هتردي عليّا!

رؤى: لا، آسفة هروح أرميها.

91

من الصعب أن تُقنع ذاتك أنَّ ما تسمعه وتتلقاه من قسوة ليس حقيقيًا وليس نابعًا من قلب الشخص الذي يجرحك بالكلام ولا سيّما إذا كان هذا الشخص أمك، ظلت رؤى تقنع عقلها وقلبها أنَّ مهما حدث هذه أمها ويحق لها أن تفعل ما تشاء، وتحاول التأقلم وفجأة جاءتها رسالة من ليل يقول فيها: لازم أشوفك في أقرب وقت ضروري.

وقد وجدت الفرصة سانحة لتراه ليلًا دون أن يعلم أحد وخاصةً والديها، كانت رؤى منذ صغرها ترتعب إذا ذكر أحد أمها وهددها بأن يشتكي عليها حتى وإن لم تكن مُذنبة والحق أنَّ الخوف والرهبة مطلبان للاحترام ولكن الحُب أيضًا لا يمكن التخلي عنه كون دوره أساسي في بقاء واتصال العلاقات ولا سيّما الحساسة تِلكَ بين الآباء والأبناء؛ شعور الحُب والأمان لا يُقدر بثمن، رحمته ويخافون عذابه؛ فحتى الله سُبحانه وتعالى أراد أنْ يُعلمنا كيف تكون علاقتنا معه والتي في الأساس والمقام الأول تُبنى على المحبة وهذا لا يعني أنْ نُهمل دور الخوف من العقاب؛ ولكن هكذا هي العلاقات الإنسانية أيضًا.

والدة رؤى: فيه عريس جاي يتقدملك النهاردة.

رؤى: وليه محدش قالي؟

والدة رؤى: إحنا مش بناخد رأيك، إحنا بنعرَّفك.

رؤى: وأنا مش جاهزة أتجوز دلوقتي.

والدة رؤى: احمدي ربنا إن فيه حد فكَّر يتجوزك أصلاً.

رؤى: طيب وأنا مش عايزة أتجوز دلوقتي.

والدة رؤى: آه يبقى فيه حد في دماغك وبعدين ده عريس معاه فلوس وابن ناس.

رؤى: قول حاجة يا بابا، أنا مش قابلة ده.

نظر إليها والدها نظرة لن تنساها أبدًا كانت تحمل كل الرد وعدم الاهتمام وهذا شعور قاسٍ عندما تشعُر أنك تغرق ولا يوجد قشّة سوى الدُعاء تتمسك به لعله يُنجيك، البعض يملكون أفكار سامة ولو اتبعوا الشريعة لَما ارتكبوا الكثير من الأخطاء ولا سيّما في حق الأبناء، ألم يقرأوا قوله تعالى "ولا تُكرهوا فتياتكم على البِغاء" في أي عصرٍ نحن!

الأمر أشبه بـ «حالة طواريء»

في كثيرٍ من الأحيانِ يتوجَّب عليك أن تبتلع الصدمات والخَيْبات على مَضض وبدون إبداءِ أي اعتراض مهما كان الوضع، ويكون حينها القبول بالأمر الواقع فرضًا ومهما حاولت تغييره فلن تستطيع، فقط يتوجَّب عليك ألّا تكترث لِما يحدُث وتمضي بِقوة، بُكاؤك على اللبن المَسكوب لن يُفيد حتى وإن كان سبب سَكبهِ هو أقرب الأقربين الذي خُلِقتَ من ضِلعه، فلا بأس أن تُعبِّر قليلًا عن كَوْنك إنسان تشعُر، تمُر بك صراعات كثيرة وسموم طارقة، فلن تستطيع مواجهة الرياح والأمواج العاتية، فقط تجنّبها ومع ذلك فالهروب ليس حلًا ولكن من الغَباء أن تفقد توازنك من أي طارئ حتى وإن قَسمَك نصفين فستظل حامِلًا سلاح الدفاع بيدك إلى أن تمُر تِلكَ العاصفة.

تذكّر.. لا بُدَّ أن تترُك تِلكَ العاصفة آثار الدمار وإن بدا الأمر عاديًا، فإن علامات التهشيم الداخلي سَتظهر حتمًا وسيأتي وقت تنفجر بِثوران لن يقف بِسهولة أبدًا آجِلًا أم عاجِلًا.

رؤى: ازيك يا دكتور.

مُعاذ: الله يسلمك، أنتِ عاملة إيه؟

رؤى: مش كويسة ويمكن دي أول مرة أعترف بكده؛ دايمًا بكذب وبخبّي.

مُعاذ: طيب أنتِ مش مُجبرة تداري وتكذبي على فكرة.

رؤى: محدش هيسمع ولا يفهم، بس ما علينا.. أنا جايلي عريس النهاردة.

مُعاذ: طيب ألف مبروك.

رؤى: أنا مش عايزة، بفكر أنتحر.

مُعاذ: وليه الفكرة دي في دماغك!

رؤى: لأني مش عايزة أتجوز دلوقتي وأهلي بيجبروني.

مُعاذ: طيب قابليلي العريس واتكلمي معاه وبعدها ارفضي عادي.

رؤى: مش عايزة حتى أشوفه.

مُعاذ: ما هو رفضك ده أكيد ليه سبب.

رؤى: حاسة بحاجة تقيلة على قلبي وفي نفس الوقت خطر في بالي أوافق وأهرب من عيشة أهلي.

مُعاذ: ده مش حل، وأنتِ مش ضامنة لأنك ممكن ترمي نفسك في مكان أسوأ.

رؤى: أنا بحس إني إذا مُت مش هفرق معاهم، هو أنا مَستاهلش أحب ولا أتحب! حرام!

مُعاذ: لأ مش حرام لكن بالعقل، وأنتِ لازم تطلعي فكرة المُنقذ والفتى اللي هييجي على الحصان الأبيض ينقذك من حياتك البائسة دي.

رؤى: أنا مش عايزة أيأس، أحياناً بحس إنهم مش أهلي، ولا يستاهلوا يكونوا أهل أصلاً.

مُعاذ: مش يمكن أنتِ شايفة الأمور من وجهة نظرك لكن ربنا ليه حكمة من ده.

رؤى: منكرش إني أحياناً بتمنى عيشة غير دي، تخيّل إن مرات عمي مش بتخلف وهتموت ويكون عندها ولاد، كنت بتمنى تكون هي أمي.

مُعاذ: وضعك اللي مش عاجبك ده ممكن يكون أفضل بكتير ما أنتِ بتتمني ومتعرفيش الخير فين، أنتِ لازم تتحرري من تفكيرك السوداوي ده وتبطلي تحكُمي على الأمور من ناحيتك بس، مش دايمًا الظاهر بيكون زي الباطن.

رؤى: مش قادرة؛ لكن بحاول..

مُعاذ: اوعي تبطلي تحاولي؛ لأن النتيجة في النجاح مش بس في المحاولة وأنا قولتلك ركزي على نفسك أكتر.

فتحت رؤى هاتفها فوجدت إحداهن نشرت خاطرة على مدونتها تقول: أنا لا أكترث لِرَجُلٍ صاحب منصب أو سُلطة أو جُل همهِ الحسب والنسب وما شابه ذلك؛ بل يكفي أنْ يكون تقيًّا لله ذاكرًا لهُ، تُزاحم أعمالُه الصالحة ذنوبه ويدعو له الناس بالخير ويذكروه بِه، مَن سيخطف قلبي أو يُسيطر على العاطفة لديَّ يجب أنْ يخطف عقلي أولًا فَإذا استطاع إقناعي فَلن أجد مُعاناة كبيرة معه، لا أهتم لِمال أو جَمالٍ زائل بِقدْرِ ما أهتم بِرَجُلٍ صادق واعٍ مُثقف، والحقيقة أنَّهُ سيفهم أنَّ الأمر لا يتطلب كِّل ذلك؛ يكفي أنْ يَكُون رَجُلًا حقًّا.

وكأن الكلام لمس قلبها وكان ذلك يُجسد حالتها.

ذهبت رؤى وفي طريقها رأت ليل فَأخذها من يدها وذهبا سريعًا فاحتضنته بقوة وكأنها تهرُب من قسوة العالَم داخل ضلوعه وقالت

95

عن أنَّ شاباً تقدم اليوم للزواج منها وهي مُمتنعة فقررت ألّا يجعلها تعود للمنزل وذهبا لِيلتقيا بآدم بعدما بعثت برسالة لأبيها أنها مع ليل وتعتذر أنها تأتي اليوم.

حكى آدم الحُلم مرة أخرى ودُهشت رؤى بعد سماعه وقالت أنها ليلة أمس رأت هذا الحُلم أيضًا ولكنها لم تهتم لتفسيره أو فهمه وقرروا السفر إلى تِلكَ الجزيرة وهم لا يعلمون ماذا ينتظرهم.

"بارك الله لكما وبارك عليكما وجمع بينكما في خير" جُملة قالها الشيخ ومن بعدها بدأت حياة شخصين لِيسكُنا في مودة ورحمة.

نورهان: عُقبالك يا رُقية.

رُقية: ربنا يديمك يا حبيبتي ويسعدك.

نورهان: عقبال ابنك يا عائش وتعيشي وتفرحي بيه يارب.

عائشة: يا رب يا حبيبتي، تسلميلي.

رُقية: كده خلاص اتجوزتِ ومش هنشوفك كتير زي زمان!

نورهان: لا طبعاً إحنا هنتكلم ونزور بعض بإذن الله، وأنا قاعدة على قلبكم كده.

عائشة: طبعاً يا حبيبتي ويا رب مع بعض طول العمر.

سافر كُلّ من آدم وليل ورؤى إلى تِلكَ الجزيرة التي تُسمى "لوريدث" وعندما وصلوا وجدوها كما رأوا في الحُلم مكان عجيب كثيف الأشجار فوجدوا فيها كائنات غريبة أشبه بالبشر وليسوا منهم، ووجدوا حيوانات كثيرة وفجأة اختفت تِلكَ الكائنات وبقيت الحيوانات.

رؤى: إزاي قدروا يختفوا فجأة كده!

ليل: دول شكلهم غريب ويخوّف، معقول يكونوا جن!

آدم: مش ممكن وبعدين لو كده يبقى المكان ده خطير.

رؤى: أنا بدأت أخاف.

ليل: اهدي يا رؤى إحنا لسه في أول الطريق.

آدم: فيه طريقين هنمشي أنهي واحد؟

ليل: اسمع كلام قلبك واختار الطريق اللي يدلك عليه.

رؤى: لأ احسبها بعقلك واختار الطريق بالعقل.

آدم: مش عارف ليه حاسس إنكم بتفكروني بحد؛ لكن الموقف غريب المرة دي، مش المفروض العكس.

ليل: كل المفروض مرفوض.

آدم : مش فاهم يعني أنا بسألكم علشان تحيّروني ولّا علشان تساعدوني؟!

رؤى: اسمع كلامي ومش هتندم.

آدم: طيب يلا بينا.

وفجأة شعروا بهزة أرضية قوية وإذا به جبلٌ ينهار وتعرضت حياتهم للخطر فنجى آدم وتأذى ليل ورؤى حتى رآهم آدم وحاول إنقاذهم ثُمَّ فقدوا حياتهم على الفور.

حزن آدم لذلك ولم يُصدق كيف حدث ذلك ولو أنه اختار الطريق الأخر واستمع لكلام ليل لَما حدث ذلك.

وفجأة ظهر أمامه الشيطان في صورة وحش وفزع آدم عندما رآه ودار بينهما حوار قصير رُبما امتدت نتائجه إلى ملايين السنين..

الشيطان: شوفتك مرة تانية بعد زمن.

آدم: هو أنا كنت شوفتك قبل كده!

الشيطان: طبيعي تنسى ما هو النسيان بقى طبع فيك.

آدم: أنت عايز مني إيه؟

أخذ الشيطان يضحك ثُمَّ قال له: اتفرج على المشهد ده.

رأى آدم صورة طبق الأصل منه وهو شاب في عُمر العاشرة يذهب إلى المسجد ويُصلي وفي سن الثالثة عشر وفقه الله لحفظ القرآن الكريم كاملًا ويُصلي الفرض والسُنة وكذلك يصوم الفرض والسُنة ودائم على تأدية النوافل ويؤتي الزكاة، ويصِلْ الرحم ويعطف على المساكين والفقراء والمحتاجين ولا يغتاب أحد وبارّ بوالديه..

وحتى عُمر الثلاثين..

الشيطان: طبعاً نص عمرك ضاع هباءً منثورًا، وضلّ سعيك في الدُنيا وأنت فاكر نفسك بتعمل الصح.

آدم: أنا ظروفي غير أي حد وبعدين لحظة، إزاي رؤى نصحتني بالطريق الغلط و..

ثُم سكت للحظة وقال: هي حواء أكلت مع آدم من الشجرة بس مش هي اللي نصحته يسمع كلامك لمَّا أنت أغويته، وبعدين أنت إزاي بتحاسبني دلوقتي! إيه اللي بيحصل هنا، ليه كل حاجة لحد الآن بالعكس!

الشيطان: أنت فاكر نفسك حاجة؟ أنا أحسن منك وهفضل أحسن منك، على الأقل أنا ظاهر على حقيقتي مش منافق زيك، وكل شيء هنا هيثبتلك إنك مش أحسن مني.

مسك آدم رأسه وأخذ يصرخ من شدة الألم وأنه غير مُستوعب لِما يحدُث..

الشيطان: إذا قدرت تعيش هنا قد عُمرك اللي عدّى فالأحسن ليك إذا ضمنت الجنة واستغليته، وأخذ يضحك بصوت عالٍ ثم اختفى..

ظل آدم يسير وهو لا يعلم إلى أين يذهب حتى شاهد أولئك الكائنات التي رآها فور وصوله للجزيرة، وجدهم يقومون بعمل حركات غريبة ويُتمتمون بشيء أشبه بتأدية الطقوس ثُم صمتوا فجأة واختفوا وهُنا أدرك آدم أنهم رُبما يعيشون على تِلكَ الجزيرة مُنذُ زمن ولكن لماذا لا يعبدون الله كما نفعل!

ثُمَّ وجد لافتة كُتب عليها عبارة "إيثرواي" فتذكر أنه شاهد مثل هذه اللافتة في الحُلم فسلك ذلك الطريق لعله يجد شيئًا، وفجأة ظهر هُدهد ودُهش آدم لمَّا رآه يتحدث معه

الهُدهد: ماذا فعلت يا آدم؟

آدم: عملت إيه؟

الهدهد: ما هي قيمتك في الحياة؟

آدم: قيمتي كبيرة طبعاً.

الهدهد: لا، ليس لديك دور؛ فأنا مثلًا تسببت في هداية بلدة سبأ وإسلام ملكتها، ماذا فعلت أنت في حياتك؟

لمَّا فكر آدم في حياته الماضية وجد أنه لم يُنجز شيئًا كبيرًا ولكنه لم يستسلم ومضى في طريقه فوجد الغُراب يُحدِّثه.

الغُراب: أهلًا يا آدم.

آدم: حتى أنت كمان بتتكلم، طيب إزاي؟

الغراب: لا يُهم، ولكنك مدينٌ بالفضل لي.

آدم: إزاي يعني!

الغُراب: هل نسيت مَن علَّم أبنائك الدفن!

آدم: أنا متجوزتش أصلاً علشان يكون عندي عيال!

الغُراب: خايف تعترف إنك ملكش أهمية في الحياة دي.

آدم: ربنا اللي خلقني وكرّمني وأنا أحسن منك.

ثم اختفى الغُراب والذي كان هو الشيطان مُتمثلًا في هيئته وكذلك في هيئة الهدهد.

ثُمَّ جلس في حيرة من أمره ولا يعلم لِمَ جاء إلى هذه الجزيرة وما الذي ينتظره وإذا به جالس على شاطئ البحر في تِلكَ الجزيرة وجد حوتًا يُصدِر أصواتًا غريبة فتذكر يونس عليه السلام فقال: لا إله إلا أنت سبحانك إني كنت من الظالمين.

وظل لساعات ثُمَّ أخذ يصرخ: أين الإجابة يا رب، أين الإجابة يا رب؟

وفجأة ظهرت عصا تحولت إلى ثعبان فقال أن هذا لا بُد أن يكون سحر فتذكر موسى عليه السلام وأنْ كيف أن يُقِر الله أعيُن أحد عباده بما يُعرف أنه سبيل هلاكه! كيف فارق أمه ثُمَّ رُدَّ إليها كي تقر عينها ولا تحزن، وكذلك امرأة فرعون أكبر عدو لموسى تتخذه قُرة عين لها وله ويتربى في قصر عدوه!

فهوَّن ذلك قليلًا على آدم وقال في نفسه: يمكن الجزيرة دي تكون خير ليا.

وظل يمشي لساعات حتى شعر بالجوع والعطش الشديدين فَهُيِء له أنه رأى طفلًا يضرب الأرض بقدميه فيخرُج ينبوعًا من الماء ورأى نخلة تُظلله فتساقط عليه رُطبًا جنيًا منها فأكل وشرب وشعر بأنه أقر عينه وهدأ روعه.

وظل يسير حتى وجد أولئك الذين يقومون بعمل طقوس غريبة يتشاجر منهما اثنان على الحُكم ويتصارعان حتى كاد أحدهما أن يقتل الآخر وظل يُراقبهم من بعيد حتى رأى رَجُلًا شديد الجمال وكأنه أخذ نصف جمال القمر وهو في السجن حتى خرج وجلس على عرش وأصبحت له مكانة كبيرة في الأرض بعدما تعرض للموت فلم يفقد الأمل، ووجده يُحاج رَجُلين ويُخيرهما أَأصحابٌ مُتفرقون خيرٌ أم الله الواحد القهار؛ إذ لا يُمكن أن تسير مركبًا لها أكثر من قائد!

ولمَّا تذكَّر ذلك الشاب الذي يُشبهه حاول أن يُصلي كما كان يفعل ولم يستطع وكلما يُحاول يشعُر وكأنه أُصيب بشلل ولا يستطيع أن يُصلي.

وظل على هذه الحال لسنوات عديدة في تِلكَ الجزيرة حتى رأى الكبش يُحدثه: لِمَ أنت حائر وتائه هكذا؟

آدم: حتى أنت كمان بتتكلم!

الكبش: أنت لم تقمْ بما عليك يا آدم.

آدم: أنا تعبت وكل ده غصب عني وظروفي كانت صعبة.

الكبش: عن أي ظروف تتحدث! إذا كُنتُ ذُكرت أنني ذبحٌ عظيم ولي دور كبير فإنَّ دورك أكبر وما كان ينبغي لك أنْ تيأس أبدًا.

ثُم اختفى فحاول آدم أن يذكُر ولو آية قرآنية واحدة لم يستطع.

فاستلقى على جذع نخلة فَإذا به يُحدثه: حتى هو وُلد يتيمًا ولكنه لم يُهمل الرسائل واتبع ما أُرسل إليه ولم يُجادل أو يتبع مِلّة قومه ويتجاهل دوره العظيم.

فتذكر قوله تعالى "ولقد كرَّمنا بني آدم في البر والبحر ورزقناهم من الطيبات وفضلناهم على كثيرٍ مِمَنْ خلقنا تفضيلًا"

101

وهُنا انتفض آدم وشعر أنه مُكرَّمٌ بالفعل وأن لديه دور عظيم وفجأة ظهر له الشيطان بهيئة قرينه..

القرين: أنت فاكر إنه هيقبلك؟

آدم: هيقبلني.

القرين: أنت من جواك خايف ومش واثق إنك هتنول الجنة.

آدم: هو قادر يحكُم على قلبي.

القرين: أنت فاكر إن لسه فيه وقت!

آدم: أيوه.

القرين: انسى؛ لأنك متقدرش تعوض السنين اللي فاتت.

آدم: لكن أقدر أعبُده صح في اللي جاي.

القرين: أنت ضامن تعيش للي جاي!

آدم: لا بس أكيد هو قادر على كل شيء وطمعان في كرمه.

وفجأة ظهر الشيطان بهيئته الحقيقة وقال له: أنا أقدر أحققلك أمنية واحدة بس خلي بالك هي واحدة بس.

آدم: أنت متقدرش تخدعني تاني، ومش هتقدر تعمل حاجة ولا أنا عايز منك حاجة.

الشيطان: متبقاش غبي واستغل الفرصة.

آدم: سيبني في حالي بقا.

وأخذ يصرخ من شدة الألم في رأسه وقرر أن يُحاول الخروج من تِلكَ الجزيرة حتى رأى نفس الكائنات يقومون بنفس الطقوس وفجأة أخذوا يقتلوا بعضهم البعض حتى لم يبقى منهم أحد فخاف آدم وهرب ونام من شدة التعب، حتى سمع صوتًا يهمس بجانب

أُذنه ويُنادي عليه أن يستيقظ فقام ولم يعلم كم كان الوقت ولكنه أقرب إلى الفجر وبشكل لا إرادي منه وجد نفسه يقوم بتأدية حركات الصلاة ثُمَّ ظهر الشيطان أمامه وقال له: مش هيقبلك ولا هيقبل أي شيء منك.

فَاستيقظ فزعًا وأخذ يبكي وكلما حاول تأدية الصلاة لم يستطع حتى ظهر أمامه الشيطان مرة أُخرى وأخذ ينظر إليه وهو صامت حتى تذكر أنَّ له أمنية يستطيع طلبها منه ولكنه تردد وعاود التفكير مرة أُخرى فَفكر أن يطلب منه أنْ يجعله يُصلي ولكنه خاف أنْ يفتنه فيها، وفكر أن يطلب منه أن يجعله يخرج من تِلكَ الجزيرة ويعود إلى مصر ولكنه أيضًا لم يفعل وكانت الحِكمة في أن يطلب من الله إذا ما زال بداخله الإيمان الكافي به واليقين بِقُدرة الله ولا يلجأ لأحد سواه، وفجأة اختفى وظهر أمامه كُلّ من إيلينا وأُمه وأباه والطبيب الذي كان يُساعده وليل ورؤى ففزع لمَّا رآهم وتيقَّن أنه يتخيل عندما حاول أن يلمسهم ولم يستطع فعلم أنهم ليسوا حقيقيين؛ ولكن لماذا ظهروا له!

أخذ ينظر إليهم ويُفكر حتى اختفوا وظل جالسًا يُفكر في كل ما حدث والحق أنه توصل أنَّ أولئك الكائنات الذين رآهم يقومون بعمل طقوس غريبة رُبما تُمثل الصلاة بالنسبة لهم ولم يعلموا بعد أنَّ الله هو ربهم وأنه أحق بالعبادة لأنه مَنْ خلقهم، وفكر في مصير كل هؤلاء الذين ماتوا هل هم مُنعمون أم تعساء في الحياة الأُخرىٰ؟

وفجأة فقد وعيه ورأى في منامه رَجُلًا في ثياب بيضاء يبدو عليه الوقار ويرفع يديه وينظر إلى السماء، وفجأة رآه يطوف حول الكعبة ويبكي، ثُمَّ ظهرت له الكثير من الكلمات الغير مُرتبة ثُمَّ ظهر رقم تسع وتسعون ثُمَّ استيقط آدم فوجد ينبوعًا من الماء فَتوضأ ووجد نفسه يُصلي بشكل لا إرادي ويرفع يديه وينظر إلى السماء ويقول: يا رب أنا كنت هتمنى إني أموت لكن مش عارف إذا كنت

مُستعد أقابلك ولَّا لأ، وإذا هموت فأرجوك أموت في بلدي، وأموت وأنت راضٍ عني.

الحقيقة أنَّ الصلاة عبادة عظيمة وهي شكل من أشكال التواصل بين العبد وربه ودليل على العبودية الحق لله، والحق أنها ليست مُجرد حركات بل هي عالَم آخر يمتاز بالهدوء والسكينة وليست مُجرد كتابًا موقوتًا أو طريقة لدليل الالتزام لأنها فرض وليست تفضُّل، الكثير يمرون بمراحلها ولا يصل إلى المرحلة الأخيرة إلّا المؤمن حقًّا والذي لا يعرف طريق الصلاة قد خاب وخسر كل شيء؛ فهي أول ما نُسأل عنه والضياء لنا في الحياة الدنيا ومن بداية الوضوء الذي يغسل بعض ذنوبنا إلى السجود الذي تتساقط فيه الذنوب وهو يعلم أننا ضعفاء لذلك كثيرٌ منّا يُصابون بالفتور ومليئون بالتقصير، ولا نستطيع أن نحمل كل هذا الكم الهائل من الذنوب إلى يوم القيامة فيُخفف عنّا إذا أصابنا ببلاء أو مرض فيكفي أنه يذكُرنا وإذا أصابنا لا يتركنا وإذا ابتلانا يتلطف بنا، ويمنحنا الكثير من الفُرص ويمُن علينا بالكثير من المحاولات وإن كُنا لا نستحق، يسمعنا ويرانا ويعطينا بلا سبب أو طلب، يمنع عنا لخير وحكمة، وهُنا أسألك عزيزي القارئ إلى أي مرحلة وصلت أنت؟

هل أدركت أن لك إله ورب قادر حكيم كريم وعليك حق تجاهه؟

أم وصلت إلى المرحلة الأخيرة من الصلاة وأدركت السَكينة حتى إذا ظهر أمامك وحش أو ثعبان وأنت تُصلي لا يهتز ثباتك؟

مع كل شروق يأتي الغروب وهكذا.. وهذا يعني أنك حتمًا تدرك الطريق وتسعى إليه بكافة العبادات ومن ثمّ تضل وتشقى وتعيش في ضنك.

الصلاة مُناجاة ولقاء لا يُقدر بثمن، فعندما تقول "الله أكبر" فهذا يعني أنك داخل حدود الرحمن ولا شيء أكبر من قُدرته لِيشغل بالك أو يُلهيك عن أن تكون بكامل تركيزك وانتباهك وأنت تشعر بلذة

ذلك اللقاء الذي لا يُوصف، والحق أن الذي لا يُصلي ليس فقط خسر بل لم يكسب شيئًا قط وإنْ خُيِّل له عكس ذلك، ولا يعلم مصيره أهو مُسلم بالشهادة فقط ويُعد من الأحياء وسيدخل الجنة، أم هو ضمن الأموات الذين تملأ أرواحهم البرزخ ولا يعلمون مصيرهم!

وإلى أن تصل إلى التحيات فتود لو أنك تستمر ولا تُودعه مؤقتًا فَبكامل الوقار والتعظيم تُلقي السلام وترجو بداخلك ألّا يكون اللقاء الأخير.

إن الصلاة هي الدُعاء وهي الطريق الأقرب لشعور الأمان الذي نفتقده أغلب الوقت، إذا كُنت تؤمن بالله وبآثار رحمته فعليك ذِكره وطاعته لأنه في الأصل خلقنا للعبادة ولأنه يُحبنا وإلا لما أوجدنا..

إن الصلاة من الصلة والوصل؛ أي أنها قناة الاتصال بين العبد وربه وطريقة للتواصل الغير عادي، ألا إنَّ العهد الذي بيننا وبينهم الصلاة فَإنَّ هويتك في الدُنيا على أنك مُسلِم مُسلِّم أمورك لله هي أنْ تؤدي فروضك تجاهه وهو الغنيُّ عنَّا؛ فَنحنُ مَنْ بحاجة إليه وبحاجة إلى ذلك الشعور الذي لا يوصَف ولا يُقدَّر بثمن ولك أنْ تتخيل عُمرك بلا صلاة أبدًا وماذا جنيت وأعددت وستحصد في الآخرة!

أما عن الذي لم يصل إلى المرحلة الأخيرة من مراحل الصلاة بعد فَمن خلال رحلتي أرى أنك عندما تسمع الأذان فلا بُد أنْ يتحرك شيء بداخلك وبالتالي يستفز جسدك لإصدار ردات فعل على ذلك، وعقلك الذي ينتبه لوجود شيء يتوجب عليك فعله عند كل وقت للصلاة هو نفسه عقلك الذي يُخبرك بطريقة ما أنك عندما تكون مُتقطع أي غير مُنتظم في تأدية الصلاة فَإنك تشعُر أنَّ شيئًا عظيمًا ينقُصك ومهما كَمُلت كل حياتك فَإنك ستظل تشعر بالنقص في كل وقت وأنت لا تعلم السبب وتتحير رُغم أنَّ الإجابة واضحة، كُلّ أولئك الذين لم يُحسنوا التصرُف لأنهم بشر وأنا منهم قد ظلموا

أنفسهم بتقصيرهم في حق الله عليهم، ولذلك كانت المشاكل تكبُر بحجم بُعدهم عنه وبحجم فقد الاتصال بالتدريج وأيضًا أريد أن أخبرك أنك لن تصعد السُلم قفزًا بل كما سقطت وأثر الوقعة جعلك تتألم الأهم هو أن تُدرك حجم الهلاك الذي أنت مُقدم عليه قبل فوات الأوان، وعند الله طالما أنك تعلم بأن لك رب يغفر الذنوب وشديدٌ في العقاب وباب التوبة لم يُغلق..

رُبما تمَل الذنوبُ مِنكَ ولا تمَل أنت، ويزهدك الحُب وتبحث عنه، تخذلك الطُرق وتعود لِتسلُكها، تنفر منك المتاعب وتجري ورائها، تستأنس البشر وتُفضل الوحدة!

كُل هذا فيك أنت رُبما لأنك لستَ بِمُؤمن فَتعترض أو لا يغمُرك جُزء من الرضا الحقيقي، ولأنك إنسان.

طريق الصلاح ليسَ صعبًا أنْ تختاره؛ ولكن الصعب هو سيْرُه واستكماله مهما انتكست وواجهت مِن إحباط وصعوبات ووصل بك الحال إلى أنْ تيأس مِن نفسك لِكثرة أنها مُثقلة بالذنوب، وتمل السيْر وينتشلك مِن ضياعك في لحظة ويسطُع الأمل ويتجدد وتظل في تِلكَ الدائرة حتى وفاتك، فَتِلكَ هي الدُنيا ...

القاهرة 2060

العالَم بقى مليان بالفِتَن أكتر بكتير من زمان، أحمدك وأشكُرك حمدًا يليق بعظمتك إنك أعطيتني فرص كتير لغاية اللحظة دي، وأنا جاهل إذا كنت هدخل الجنة ولَّا لا بعد الرحلة الصعبة دي، أرجو أكون عديت منها على خير.

في أحد شوارع وسط البلد..

يلعب بعض الأطفال بالكُرة ثم ألقى أحدهم الكُرة عند الجيران المُقابلين لهم فخرجت امرأة عجوز قد نال منها المشيب لترى ما سبب تِلكَ المُشاجرة وكان الطفل في عُمر الثلاث سنوات.

نورهان: في إيه يا ولاد بتتخانقوا ليه؟

الطفلة نور: هو يا تيتا خد الكورة ورماها بعيد.

نورهان: تعالى يا حبيبي متزعلش، العبوا مع بعض، قولِّي اسمك إيه؟

الطفل: اسمي آدم.

تمت بحمد الله.